無盡攻殼

目錄

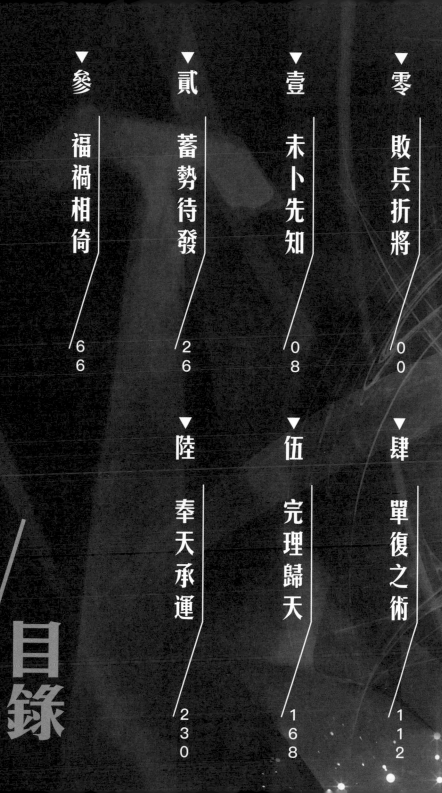

作者 序

這是我第一次幫別人的作品寫小說版。先感謝 PureHay 與 Pure Studio，初次合作他們就完全信任我，把一切都交給我決定，當我進行世界觀設定或人物背景的修改時也沒有任何意見，因此過程十分順利。也感謝今日出版讓故事能以紙本書形式面世，這是第一本從頭到尾都是我寫的文字小說「個人單著」紙本書（雖然我不是原作者，故嚴格而言仍屬「共著」）。

桌上遊戲《無盡攻殿》的世界觀與人物設定本來已十分完整，故事的基本骨幹亦已決定好。除了增添更多細節，我能做的是盡可能令所有角色都在字裡行間「活起來」，確保每個人都有足夠戲份。可是必須強調，小說版的故事只是眾多可能故事的其中一個，大家可以把原作桌遊買回家，在棋盤上創作出屬於自己的攻殿故事。《無盡攻殿》除了表達出角色溥儀的不屈不撓，亦可帶有「多重宇宙」(multiverse) 的意味。

身為理論型創作者，我總會參考好幾部類似題材的作品才動筆。在構思《無盡攻殿》的故事時，除了作為東方奇幻和數碼龐克 (cyberpunk) 作品，我更將它當成一部架空歷史小說 (alternative history)，以「如果慈禧太后獲得永生」這個「what if」從真實歷史分支出虛構的歷史走勢。為此我參考了菲利浦．K．迪克(Philip K. Dick）的《高堡奇人》(The Man in the High Castle)、威廉．傑布森 (William Gibson) 和布魯斯．斯特林（Bruce Sterling）合著的《差分機》(The Difference Engine）以及伊藤計劃和圓城塔合著的《屍者的帝國》。當然，本作始終以接近輕小說的筆法去書寫，無法和這三部厚重的大作相提並論。

此外，我還為此作加入了作為推理作家必定要有的一兩個詭計佈局。希望大家喜歡。

冒業

二〇二三年六月七日

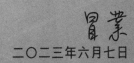

插畫家 序

當初從未想到 PureHay 所創作的《無盡攻殿》概念，竟能從咭牌、桌遊發展至小說。在桌遊創作初期，世界觀仍相當碎片化。然而，在與印刷商合作的契機下（感謝 May 姐與 Cecilia 的邀請），加上 Albert 和 Henrism 的遊戲玩法和啟發，初步故事便逐漸成形了。

我們一直熱愛關於靈魂的命題，因此想出了「永生」與「長生」的概念，並將其融入到兩位主角之間的對決。桌遊推出後，我們便決定將故事發展成小說。在此過程中，非常感謝冒業的支持，他不僅使初步概念變得豐富生動，還加入了歷史和懸疑元素，使整部小說更具深度。

同時，我們也要感謝今日出版 Karson 對小說的賞識，讓它得以順利出版並對香港插畫師的支持和鼓勵。從 PureHay 創作故事的第一稿開始，到小說終於問世，每一步都見證了他的堅持和努力，並期待有更多作品面世。

LiNii MoSa
二〇二三年六月八日

無盡攻騭

敗兵折將

00

零　敗兵折將

又失敗了——！

愛新覺羅・溥儀很想撕破聲帶咆吼，但他做不到。

一隻以金屬片包裹著的巨掌掐住了他的喉嚨，使他呼吸困難。巨掌的主人更單臂將他高高舉起。溥儀雙腳浮起，全身的重量拉扯著脖子，彷彿隨時都會斷掉，使他痛忍難當。

現場屍橫遍野，地面卻沒留下多少血跡。死者們的傷口早就被藍色能量的高溫封掉，有些更仍在冒煙。

曾經與溥儀並肩作戰的夥伴，如今都化成一片片焦黑的肉塊。相反，駐守於城門外的清兵大軍卻絲毫沒有損耗一兵一卒。他們胸口上的「兵」和「勇」二字有如沒有盡頭的海洋，浸沒了溥儀的視野。

01

怎麼會這樣？明明溥儀覺得這次已做好萬全準備，結果仍事與願違，連城門都未能攻破。

兵敗如山倒，僅剩溥儀一人。大局已定，他將要再次飲恨死在殿外。

「愚昧的攻殿者，汝等還要死多少人才學到教訓？」

手掌的主人冰冷的嗓音從金屬面具裡面傳出。面具造成的迴音使得聽起來彷彿有好幾個人同時在說話。

鎮國將軍梓才。八旗軍之首，浮華殿的守護神，也是溥儀打過無數次照面的宿敵。

「汝等反抗注定徒勞，永帝的神威豈是汝等鼠輩微弱的呼氣能吹熄？」

在梓才的保護下，數十年以來未曾有一名攻殿者能夠進入浮華殿的核心地帶，他們無一不成為梓才的刀下亡魂。在這名殺敵無數的大將軍眼中，他們無疑只是前來白白送死的螞蟻群，連數都懶得數。

02

但溥儀並非普通的螞蟻，他更有非攻殿不可的理由，這份執著比任何一名豁上性命的攻殿者都要深、都要長久。

他必須抵達永帝廳，重遇昔日那個擅自將自己推上皇位的任性老太婆，將她手中的藍色發光球體搶奪過來。

「……我絕對不會放棄！」

溥儀吐出肺部僅餘的空氣，使勁擠出聲音來。這既是對著梓才說，也是要令經歷多次挫敗的自己重新振作。

「……無論重來多少次，我都會再次站在你面前，終有一日會將你打倒——！」

「……哼。那去死吧。有本事就轉世重來。」

金屬手掌輕輕捏緊，溥儀的頸椎和大動脈應聲斷掉。

03

梓才將已死的女性軀體丟到旁邊，留待專門負責善後的清兵收屍。

「怪女人，人哪有來世？就連皇上也只有不滅的今生。」

難道攻殿者最近開始被灌輸怪力亂神的觀念，有人以主張會有幸福來世的信仰去煽動短命種對永生族發動聖戰？

陷入沉思的梓才下意識地撫摸懸掛在腰間的那把劍。

不，這只是臨終的瘋言瘋語，沒必要放在心上。假如人真的有來世，梓才早就與那個死去多時的人重逢了。

鎮國將軍並不知道，世上就是有個男人可以不斷轉生，而他正是剛剛被殺的女人。

末卜先知

08

溥儀睜眼醒來，發現自己身在無比熟悉的純黑世界。儘管沒有光，卻可以清楚看見自己短小的五指手腳。徹底違反光學定律的現象，說明了此處絕非一般的物理空間。

唯有在這個輪迴轉生過程的「中途世界」，溥儀才會短暫恢復其真實模樣——一名身穿龍袍的小孩子。這是他靈魂的形象。

「別浪費大家的時間了，快出來。」

他以充滿稚氣的聲音朝黑暗喊道。

「別浪費大家的時間了，快出來。」

他以充滿稚氣的聲音朝黑暗喊道。

「浪費時間？」

「這裡才沒有『時間』這回事，何來浪費？」

兩道聲音回應了溥儀的呼喚。

09

黑暗深處忽然冒出一個點。點逐漸增大，更分裂成一藍一紅的兩點。祂們並不是點，而是兩頭有如彼此的鏡像一般、顏色和左右輪廓都完全相反的人形生物。

祂們似乎沒有下半身，只有一對修長的手，身體外面罩著一層紋路複雜的疑似長袍。長袍頂部的洞口露出一雙碧綠的眼睛，直勾勾看著溥儀。

藍魅與赤魅——這是祂們的名字，至少是這對高維度生物對自己的稱呼。

「你又失敗了，」

「這次更是特別慘不忍睹。」

兩魅說話時總是一唱一和，絕不單獨開口。溥儀每次都無法判別祂們誰先說話、誰是接話者，也早已放棄去推敲。說不定三維空間的「數量」概念根本無法應用在高維度生物身上，祂們只是同一個意識的兩隻手足而已。

「以女科學士的身份潛入浮華殿裡應外合的點子不錯，」

「可惜你太小看那女人的反應時間。」

「只要你仍未破解清兵的永生不死，」

10

「就算有紅夜明，你也不可能攻殿成功。」

赤魅指向溥儀的左手，上面有一顆綻放出耀眼光芒的紅色球體。球體就跟溥儀的年幼皇帝外形一樣，只在這個高維度世界的夾縫裡才會具現化。事實上，它早已被溥儀的靈魂吸收，成為他的一部分了。

「我當然知道，所以這次才會考進國科院當科學士，暗中研究永生能源的弱點。」溥儀沒好氣地說。

「而且你在生前還故意把秘密研究夜明珠的文獻藏在科技宮裡，」

「等待其他科學士去發現，讓更多人知道以藍夜明建立的永生體制遲早會使人類滅亡，」

「如此就能令更多人成為攻殿者了。」

「確實，這回的攻殿並非毫無可取之處。」

兩魅自稱世界的「監視者」，絕不干涉雙方的衝突。但同時祂們卻又活像運動比賽的評論員，常常對溥儀的攻殿過程說三道四，更似乎樂此不疲。

其實這些高維度生物是一切的始作俑者。祂們以「實驗」之名將幾十億人類以至

11

整個星球都當成白老鼠，玩弄於股掌之上。

光緒三十四年，慈禧太后已垂簾聽政長達四十七年，是大清的真正統治者。光緒帝載湉更在戊戌變法失敗後被徹底架空，長期遭到軟禁。

但病危的慈禧已命不久矣，她一死去光緒帝將重新掌權。載湉曾大力推舉康有為和梁啟超等維新黨羽，而維新黨與狡猾的日本人伊藤博文暗中勾結。她覺得只要光緒回朝，二百多年的基業必定毀於一旦，大清帝國將落入那群住在小小島國的倭寇手中。

光緒帝必須比她早死。

慈禧指使親信李連英落毒，載湉於清曆十月二十一日砒霜中毒身亡。慈禧在他駕崩當日立刻指定醇親王載灃之子、只有兩歲的溥儀繼承大統，改元「宣統」。

除了叫李太監殺害皇帝，慈禧亦向另一人下命令，為她夢想中的永續統治作最後賭注。

道靈臣是來自青藏高原的薩滿。他在南迦巴瓦峰附近修煉期間成功連結上高維度世界，在那裡遇上藍魅和赤魅。想當然爾，具有超時空視野的兩魅早就預見道靈臣的來訪。

12

借助兩魅的力量，道靈臣的占卜從此能預知未來，多年來屢次為慈禧指點迷津。慈禧之所以能及時察覺維新黨密謀暗殺自己，正是因為有道靈臣的預言。

慈禧從道靈臣口中得知長生不死的靈丹傳說：自史前炎帝、神農時代開始，就一直有發光寶物在統治者之間流傳，譬如神農氏的夜礦、春秋戰國時代的懸黎和垂棘之璧。就連秦始皇陵都有隋侯珠陪葬，以代膏燭。此寶物在黑夜中也依舊明亮，故另有名字：夜明珠。

據說夜明珠的靈氣能使人回復青春、百毒不侵，即使受傷流血也會馬上復元。只要獲得夜明珠，慈禧就能克服死亡，成為永遠的霸主，「**皇上萬歲萬歲萬萬歲**」不再是空口說白話。

她命道靈臣尋找夜明珠。由於這已不是與高維度世界保持通訊那麼簡單，而是有物質交換，必須在這行星最接近高維度出入口的位置才能做到。

道靈臣再度登峰，他閉上雙目，讓意識脫離塵世，第二次拜訪兩魅。

沒想到，道靈臣不單尋獲夜明珠，更獲得了兩顆：一藍一紅。他一睜開眼，只見兩團光芒凝聚於他的雙掌上方。

13

道靈臣趕回紫禁城，將藍夜明遞向臥床不起、奄奄一息的慈禧。果真如傳說所記載，老邁的慈禧馬上恢復年輕貌美，危及性命的病也消失不見。不但如此，慈禧更獲得超人的力量，她能隨心所欲地釋放出源源不絕的藍色之光，這些光除了能使其他人類永生不死，甚至能推動機器的運轉。她能聆聽能量的流動，更可以監視吸收了永生能源的人體和機器的一舉一動。

至於紅夜明，慈禧推測其功能與藍夜明類似。如她想繼續維持垂簾聽政的體制，在位皇帝同樣永生不死就很方便。倘若溥儀能維持小男孩的狀態就更好，威嚴永遠不會及得上自己。

於是，她試驗性地將紅夜明交到年幼的溥儀手上。溥儀起初還以為是玩具球，興高采烈的接過夜明珠。

紅夜明忽然開始溶解，迸發出猛烈的強光射向溥儀的胸口。不消一會，紅夜明就消失不見，吸收了它的小孩躺臥在地，氣絕身亡。

宣統元年，皇帝溥儀登基不足三日即駕崩。

14

紅夜明忽然消失令慈禧大發雷霆，命令道靈臣第三次登峰，要求兩魅補上一顆夜明珠。可是這次無論道靈臣如何呼喚，都得不到兩魅的回應。他只好無奈下山返京，兩手空空地向慈禧匯報。失落的紅夜明自此便在世上銷聲匿跡。

溥儀沒有真的死亡。他的靈魂吸收了紅夜明之後能不斷轉生，並且保持同一人格。藍夜明能確保個體不死，紅夜明則能保持記憶不滅。溥儀就跟慈禧一樣，獲得了另一種形式的長生不死。

然而溥儀死去時只有兩歲，他根本未意識到自己已經死了一次，對前世只有模糊的記憶。他在山東省一個姓牟的平凡家庭重新出生，長大後成為讀書人。但他亦受到那些奇妙的前世記憶影響，對哲學產生濃厚興趣，熊十力的《新唯識論》更是他從不離手的哲學論著。

當溥儀作為「牟宗三」的人生來到二十歲時，他再次經歷死亡。

清兵忽然攻進北京大學堂把一大批人抓走，斗膽反抗的人會當場槍斃。溥儀（牟宗三）就在一片混亂中被流彈擊中頭部。

15

在轉生過程中，溥儀於空無一物的高維度世界夾縫中醒來，發現自己是一副年幼皇帝的模樣，更遇見兩名監視者，他手中亦握著紅夜明。

他終於知道真相，自己曾是大清皇帝，更因為紅夜明而獲得投胎轉世的能力。

當日清兵入攻校園自然是受命於慈禧肅清校內的異見分子，任何曾發表過有可能用來反對慈禧統治正當性的論述的人都無法僥免。教務長胡適、校長蔡元培等人被帶走，更有教職員遭到就地處決。

透過藍夜明，慈禧得以監視全球正在使用永生能源的人類與裝置，她對具有反清思想的人的行動瞭若指掌，必要時派遣士兵捉拿。一切反抗力量早在萌芽階段就被連根拔起，「永帝」慈禧已成為世上最完美的獨裁者。

可是，她的永生國度真的可以持續到永遠嗎？溥儀詢問夜明珠原主人的兩魅，答案是不能。

兩顆夜明珠乃平衡天地循環之物，必須放在一起。當它們被長期分開單獨使用，其力量就會不斷減弱，最終太陽系會化為一片死寂，再也沒有生命。

16

藍魅與赤魅自然心知肚明，卻仍然回應道靈臣的情求，把夜明珠拋進低維度的塵世賜給俗人。這是一場測試夜明珠力量的實驗，人類以至太陽系的存亡根本無關痛癢，祂們甚至樂見其成。

溥儀是唯一知道夜明珠真相的人類，也只有他站在與慈禧對等的位置，同樣擁有無盡的時間，亦不畏懼死亡。

溥儀第二次轉生在一個香港九龍城寨的家庭。他沒有名字，鄰居因其金髮碧眼的外表而叫他金仔。他從孩童時期就用盡所有日子鍛鍊武打、偷竊與殺戮技術，並在十五歲那年採取行動，潛入慈禧才剛建成的新居所浮華殿偷走藍夜明，是為史上首位「攻殿者」。

他輕易就敗在鎮國將軍梓才手上。包括梓才在內，所有清兵都得到永生祝福，任何致命傷都會瞬間復元，用毒也沒用。反之紅夜明只能確保溥儀死後轉生，當前的肉體依舊會流血和死亡，與凡人無異。

17

溥儀第三次轉生是一名叫載穎的漢族女性。為了更了解永生能源的特性，他考入國科院成為科學士，於敵陣中秘密進行私人研究。國科院總部科技宮就在浮華殿內部，離慈禧的永帝廳不遠，是絕佳的攻殿位置。

「城寨反賊阿金」雖然被官方渲染為十惡不赦的罪犯，其襲擊行動卻啟發了很多不滿永生國度的人民。自此世界各地不時就會冒起硬闖浮華殿的攻殿者，溥儀已不用再孤軍作戰。

溥儀（載穎）在休假出外的時間暗中接觸美利堅區域的攻殿者，約定好攻殿日子。這些攻殿者拒絕使用永生能源，因而成功避開慈禧的監視。溥儀（載穎）不單向對方提供浮華殿和永生之泉的地圖、規劃好進攻路線，到時更會進行內部破壞，於殿內放火和打開城門。

結果還是失敗，美利堅攻殿者一剎那就全滅，溥儀（載穎）也很快被發現是內鬼，被梓才於城外當眾處刑，單手捏碎他的頸部，以殺一儆百。

18

溥儀低估了慈禧發現城門被打開的反應時間，她奪回控制權並將其關上只需數十秒。加上那些攻殿者無法使用永生能源，武裝力量非常薄弱，只有以火藥、彈簧和金屬利刃組成的原始兵器，完全不是朝廷不死大軍的對手。

在科技宮研究永生能源期間，溥儀（載穎）發現能源可以互相抵消，一旦永生族被注入能源的能量武器攻擊，體內賦予他們永生不死的能源便會消失，如此便能殺死他們。

可是最大的問題，是世上所有永生能源都在慈禧的控制底下，她只需動念便輕易將任何裝置的能源歸零。

「永生能源只能以永生能源去抵消，否則無法破解他們的不死身。」溥儀說，「但搶奪八旗軍的兵器自用也不現實，老太婆很快就會切斷那些兵器的能源供給，再也無法使用。」

「你就繼續慢慢苦惱吧，」

「這與我們監視者無關……話雖如此。」

19

兩魅忽然話鋒一轉，並且頓了頓。似乎打算做出一些改變。

「愛新覺羅．溥儀，看在你屢次攻殿失敗的份上，」

「我們決定破例給予提示。」

「什麼提示？」

溥儀不由得起了戒心。這對生物從來只關心祂們的超時空實驗，他的攻殿成敗只起到額外的娛樂作用，根本就沒被放在眼內。

這些怪物究竟在打什麼鬼主意？

「這也是實驗的一環，用以測試時空的性質，」

「但對你有益無害，所以是雙贏的。」

「……願聞其詳。」

反正聽了沒壞，溥儀決定靜候祂們的「提示」。

「在你最後一次攻殿時，」

「世界的格局和現在有很大差別。」

20

最後一次攻殿？什麼意思？紅夜明不是能使他不斷轉生，理論上有無限次機會嘗試嗎？為何會有最後一次？

「最後」只有三種可能：紅夜明失去法力或被奪走、人類文明已經滅亡，抑或溥儀終於成功將夜明珠歸還大地，已經不需要有下次。

兩魅無視溥儀內心的動搖，繼續說下去：

「那個時候，世界有一個專門出產山寨永生能源的全球犯罪網絡，叫『梅花會社』。」

「梅花會社首領鄭傲的野心非常之大。他想要奪走藍夜明據為己有。」

「你最後一次攻殿的地點是香港，到時候會社也是參與者。」

「他們最初會跟香港的城寨部落軍結盟攻殿，」

「但中途會背叛城寨軍，將他們捉拿並遞交清兵，」

「後來鄭傲更會成功奪走藍夜明。」

溥儀沉默了半晌，但兩魅的話似乎只有這麼多，已沒下文。

21

「這是命中注定的結果嗎？那個鄭傲一定會取得藍夜明，無法改變嗎？」

「這是應劫，」

「不可能迴避。」

「那我唯一的機會便是等待鄭傲拿到藍夜明時，再從他手上將它奪走。」溥儀凝重地說，「最好的方法便是成為他身邊的人，或是事先在他取得藍夜明的地方埋伏。」

「愛新覺羅．溥儀，祝你好運。」

「我們雖然早已知道你的結末，」

「但親眼看著你一步一步抵達既定的終點，正是我們的樂趣所在。」

「努力對抗命運吧。」

兩魅的身影不斷縮小，直至化成一點再完全消失。溥儀眼前的世界重新恢復成純粹的黑暗。

他閉上眼，告別中途世界，展開下一個人生。

蓄勢待發

26

大排檔店員將一盤肉包放到加百烈的餐桌上。他拿起一個用力咬下去，香甜的肉汁隨即灑滿味蕾。

這是機器合成永遠無法匹敵的美味。手製肉包的技藝幾近失傳，大排檔老闆是碩果僅存的肉包師傅，新鮮豬肉和蔬菜在短命區亦買少見少，因此價錢相當昂貴。但加百烈已決定至少要在大戰前夕好好大吃一頓，這說不定是他最後一頓肉包餐了。

明天，他將成為攻殿者。

一艘空中警察的巡邏艇忽然於上方略過。加百烈連忙確認頭頂有帽子蓋住面目，並檢查斗篷已將能量裝甲服和非法改造的雷射劍遮住。不少在走路的途人都做出相同的動作，但沒有放慢腳步，否則會顯得心虛，反倒惹人注目。

眾人保持警戒，直到完全看不見巡邏艇頂部的帆才稍為放鬆。

27

隨著「永生祝福巡禮」來到香港站的大日子漸近，警察和清軍的活動都變得頻繁，以阻嚇攻殿者。特別這裡是「永生區」和「短命區」的交界，旁邊就是分隔兩區的高牆，任何企圖越過的「短命種」都格殺勿論，駐牆軍和自動砲台會將他們打成蜂窩。

其實，即使加百烈沒有去攻殿或翻牆，一旦被認出，他也隨時是被追捕的對象。畢竟，城寨部落軍的首領原本就和朝廷火水不容。

位於短命區的九龍城寨至今仍背負著「攻殿者阿金」的傳說，受到世界各地攻殿者的尊敬，因而是大清的眼中釘。只是短命區人口眾多，也發揮著放逐「不忠永生族」的「人類堆填區」功能，貿貿然大刀闊斧去攻打隨時造成社會不穩，故此一直靜觀其變。

很諷刺地，這片曾經是清朝在英屬香港唯一擁有主權的飛地，現在反倒成了新安縣香港唯一無法控制的地帶。

不知不覺間，此共存狀態已維持近百載。

28

宣統一一一年，距離慈禧太后頒佈《永帝即位詔書》告別垂簾聽政、正式登基成為皇帝的日子已十分遙遠。

改元之初，永帝以其神力祝福她的戰士。李鴻章受其命率領不死大軍大舉出征，奪回所有割讓出去的失地，更反攻八國聯軍。縱使西方列強船堅炮利，但這些不知死亡為何物的清兵就算用盡所有彈藥也殺不死，陷入長年的拉鋸戰之後終潰不成軍。

一面面白旗舉到慈禧鼻子底下。她，統一了天下，成就了連始皇帝和元太祖都做不到的豐功偉業。

如今，全地球被納入永生國度的領土，清語和漢語成為通用語言。為了強化永生能源的地位，國科院招攬大量人才，不分種族性別。西方人如約翰．馮紐曼、歐拔．愛因斯坦、諾伯特．維納、托馬斯．愛迪生和尼古拉．特斯拉等都得到招募。這些科學家研發大量可供民用的機器和自動計算機，並建造了能源輸送網和全球通訊網絡，好讓永生能源滲透至全世界，以至人類生活每個角落。

TAXI
TAXI

30

人類文明已高度依賴源源不絕的永生能源，唯有獲得永帝祝福的「永生族」才能過高品質生活。永帝能監視所有正在使用能源的機器和吸收了能源的人類，並可隨時切斷能源供給。任何人違抗永帝都會被收回祝福，淪為會生老病死的短命種，流放至短命區。

「喲，烈哥。你來得真早。」

一名男子從一輛懸浮的士跳出來走入大排檔，大剌剌坐到加百烈旁邊。

「雖然已知道你準備說什麼，但仍希望親耳聽一次。」

拾荒者領袖陳志豪咧嘴笑道。這人曾是永生族，五年前因為警察發現他家裡藏有一本馬禮遜年代出版的《神天聖書》（即《聖經》）而被收回祝福。

短命區龍蛇混雜，拾荒者搬運貨物時常常遇到盜賊搶掠，因此會僱用城寨軍等武裝組織護送。陳志豪是加百烈的老顧客，也是他們最大收入來源之一。

加百烈摸了摸下巴的金色鬍子，凝重地說：

「今天是要告訴你，我們目前要收回所有人手準備攻殿，暫時不接受新委託。」

31

「我就知道。」

「另外，日後你說不定要找其他鏢局，我們很可能無人生還。」

「唉，當阿金的後人還真不容易呢。特別是烈哥你，阿金好像是你曾祖父的哥哥吧？」

「只是傳聞，我自己也不清楚，城寨人都沒有官方身份證明檔案。」

事實上，就連「加百烈」這名字都是後起。在女兒朵拉出生時，他特地花錢請了個叫歐陽師傅的命名師。師傅覺得女兒有名字但父親卻沒有未免太可憐，便免費替他改名。見他是白人臉孔，師傅便參考屬禁毀書目之一的《神大聖書》裡面的天使長加百列，再在「列」字底下加上四點變成「烈」。

「但我真的無法理解為何明知失敗仍執意攻殿，這不是自殺嗎？難道這是部落的傳統信仰？」

「志豪，你覺得何謂正確？」

被加百烈如此反問，陳志豪先感到愕然，接著忍不住哈哈大笑。

32

「不錯不錯，正確的事往往是危險的事。只是我們這些短命種膽子就跟壽命一樣短小，才不像你們攻殿者會奮起反抗。」

陳志豪收起笑容，壓低了聲線，向前湊近加百烈耳邊：

「可是，近來『那些人』不是常常襲擊攻殿者嗎？你們不怕這次『那些人』也介入嗎？」

在低語同時，陳志豪瞄向了他剛剛乘搭、目前正在等新客的的士。此類採用懸浮技術的的士的演化先祖並非四輪車，而是雙人電單車，前方突出的司機座用手把操縱行駛方向。

那輛車就跟所有永生能源機器一樣，外殼都有著發光的迴路。可是，迴路綻放的光芒並不是最常見的藍色，而是紅色。

過去一年短命區生活品質忽然大幅提升，正是因為有神秘的「紅色能源」出現。懸浮車輛在短命區越來越普遍，數量逐漸超過人力車。

二十年前，在日漢人鄭傲成立了株式會社「梅花」專營跨洲貿易。後來梅花會社編收短命區的極道和日本帝國殘黨，開始染指地下社會，逐漸發展成遍布全

33

球的黑市網絡。買兇暗殺、走私軍火、毒品交易、甚至盜竊承包等等，業務無所不包，只要有錢什麼都能買到。

約一年前，梅花會社一項驚人發明更使其聲勢越發浩大。

據說鄭傲於七年前收留了從科技宮逃亡的科學士火旭。在火旭協助下，梅花會社成功研發出能夠切斷慈禧追蹤機能的永生能源淨化技術。雖然經過淨化的能源無法使人永生不死，但仍能驅動機器，而且連短命種都可以使用。自此，紅色的山寨能源便成為各地短命區的居民都垂涎三尺的重要商品。

永帝當然不會放任山寨能源不管。對此，鄭傲主動向慈禧提出交換條件：梅花會社協助大清剿滅攻殿者，以換取會社不被取締跟山寨能源的使用許可。

永帝雖然尚未正式答應，但亦按兵不動，暫時仍容許山寨能源繼續存在。

鄭傲為了展示其誠意，已多番出兵攻殿者的地盤。紐約、柏林、北京、聖保羅等地的攻殿者都被夜襲，導致人心惶惶。短命區到處都有梅花會社的爪牙，對短命種來說，他們甚至比只守在永生區的清兵更具威脅性，因此陳志豪不直呼其名，改叫「那些人」。

34

「我們已暗中將部分兵力分散在城寨外面的三個地方，不會因為一次偷襲而全滅。」加百烈回答。

「不愧是烈哥，準備得實在周到。」

陳志豪站起身，將一袋錢幣放在桌上。

「我不是說過暫時不接受新委託嗎？」

「是餞別禮，當是我忘記在桌上的錢財也可。」

向來輕佻的陳志豪露出難得一見的正經神情：

「加百烈，我不是永帝，我的祝福無法使你們從戰場活著回來，但也祝你們武運昌隆。後會有期。」

永生祝福巡禮——永生國度體制最大的軟肋，也是各地攻殿者得以接近慈禧的黃金機會。

手持夜明珠的慈禧是唯一的永生能源生產者。可是，能源在離開慈禧之後只

35

能保存二十年，傳輸距離亦有極限。基於以上限制，永生能源要持續散佈至全球就只有一種方法：慈禧本人需要每二十年遊歷全世界一趟，散播祝福。

為此，慈禧建造了巨型懸浮空中宮殿——浮華殿。此移動要塞每二十年就會舉行一次永生祝福巡禮，到訪全球七個能源分配站「永生之泉」注入新鮮能源。

浮華殿明天會抵達香港，降落至尖沙咀的永生之泉。城寨部落軍正為這次攻殿積極備戰。

人類文明有如巨大的生命體，會變異和繁殖，也會成長。九龍城寨正是高密度的文明產物，已然形成獨立於外部的生態圈，其陳舊建築群猶如生物體內的細胞分裂那樣一層疊一層，密密麻麻地塞在一起，更胡亂地向上生長，構成近似長方體的龐然巨物。

加百烈從南面龍津道的入口走進這座黑暗迷宮，於不見天日的窄巷中穿來插去。因處於非常時期，城寨的防衛極為森嚴，每走幾步便會見到荷槍實彈、腰間掛著刀劍的士兵在看守。他們自然認得自己的領袖，卻要服從軍紀而對他視若無睹。加百烈禁止所有站崗的城寨軍向他做出敬禮動作，以免引起注意。

38

在城寨長大的加百烈自然對所有通道瞭若指掌，他輕易就走出迷宮到達目的地——城寨軍的指揮中心。

「爹！」

一名手持合成棒棒糖的少女興高采烈地跑過來，迎接返家的父親。少女頭上戴著一個十分孩子氣的全罩式耳機，身上的黑色電子保溫外套亦掛著幾個可愛的別針裝飾。此姑娘正是朵拉，城寨部落的開心果。只要有她在，再繃緊的氣氛都會得到緩和。

「陳生還好嗎？」

「他祝我們武運昌隆，還送了一筆錢。」

加百烈一邊回答，一邊環顧四周。

縱使有朵拉在，這回還能保持心境開朗的卻只有她一人。其餘的城寨軍有些不時在檢查裝備，有些在護理刀具和分解槍械，有些則專心閱讀攻殿行動的資料。沒事做的士兵也是一副嚴肅的樣子坐在地上發呆。

這就是生命的重量，是只有會死去的短命種才感受得到的恐懼。但正因為這

39

樣，他們才會珍惜生命的每一分一秒。那些永生族雖然擁有無盡的壽命，卻早已喪失活著的實感，唯有推翻慈禧的統治才能迫使他們驚醒。

「爹，你還記得我之前提出的要求嗎？」

朵拉雖然仍然笑吟吟，但眼神無比認真。

「不行，我不會讓妳當攻殿者。」加百烈斷然拒絕，「之前不是說好了嗎？城寨人不能全軍覆沒，如果攻殿失敗，總要後繼有人。」

「爹，你老實回答我。你不讓我參與攻殿，究竟是真的重視城寨軍的續存，抑或只是希望女兒我能夠活下去？」

「兩者不衝突。」加百烈搭著朵拉的肩膀，「阿囡，我會選擇妳留下來還有另一個原因：我相信妳夠堅強。」

「爹……」

「留下來的人其實十分痛苦，他們要背負一直以來所有犧牲者的性命和罪惡感繼續走下去。當年妳娘親出征攻殿，我負責留下來。在得知她陣亡的消息，我就墮入哀痛之中，每夜都無法入睡，時刻在質問為何死的人不是我。後來因為意識到要照顧阿囡妳跟阿嬅，也曾對娘親發誓要打倒永帝，賜給妳一個光明的未來，我才能重新振作。阿囡，我相信妳承受得到，所以才會將這個任務、未來的十六年交託給妳。」

「嗯……既然爹說到這份上……」

朵拉態度有所軟化。

「萬一我有不測，部落就拜託妳了。」

加百烈向女兒綻放出笑容，轉向旁邊外號叫「管家」的蒙面副官：

「阿嬅呢？」

「在練兵場，她說要保持狀態。」管家以機器一般的嗓音回道。

加百烈原以為在練兵場會聽到響亮的兵器揮舞聲和吶喊，結果現場十分寧靜。空曠的空間裡只有一名全副武裝的女子於正中央盤腿而坐，閉上雙目一動也不動。

41

原來她保持狀態的方法不是挪動身子如常地練武，而是冥想。

「找我有事？」

女子開口問道。即使切斷了視覺訊息，她僅憑餘下的知覺已能敏銳地察覺到有人接近，甚至知道來者何人。

夏嬅緩緩張開眼，以其明亮的褐色雙眸轉向加百烈。

雖然年輕，但夏嬅在城寨軍的地位幾乎跟加百烈平起平坐。加百烈十六年前在啟德機場廢墟的瓦礫堆中發現一名痛失雙親的小女孩，決定收她為養女，並教授她保護自己的方法。夏嬅天賦異稟，一年內已經變得驍勇善戰，加百烈很快就指派給她專屬的行動小隊。時移世易，長大成人的她已是部落軍第二把交椅。

「似乎不是我有事，是妳有事。」加百烈說，「認識妳這麼久，我第一次見到妳開戰前需要獨坐沉思。」

「果然一切都逃不過你的眼睛。」

夏嬅苦笑著站起身，撿起整齊地放置於地上的高週波長刀跟雷射步槍，托在其纖細的肩膀上。

42

「我真沒用，偏偏在這關鍵時刻被雜念纏擾，無法心如明鏡。」

「是因為梅花會社的鄭傲嗎？」

夏嬅無言地點頭。

「我無法相信會社為何會變成這樣。」

從大清角度，梅花會社當然是犯罪集團。但短命種也是不效忠永帝的賤民，他們還活著本身已是罪過，故此才不在乎會社的業務是否遵守大清律法。紅色能源更是百年難得一見恩物，所以部分短命種曾經視會社為反抗永生能源體制的英雄。

但自三個月前開始，一切都變了。

梅花會社忽然高調向慈禧示好，更接連傷害攻殿者，此行徑震驚全球的短命區。然而會社獨佔能源淨化技術，也掌管著山寨能源的生產與流通，於是大家都敢怒不敢言。

在眾人眼中，鄭傲這號人物已蛻變為第二慈禧。從前就算對永帝不滿，至少可以躲在短命區苟延殘喘。縱使生活艱苦，但起碼會多一丁點的自由。如今卻連短命區都被另一暴君統治，時勢之險惡前所未有。

43

眼見鄭傲此名令人聞風喪膽，夏嬅的心情尤其複雜。

「世事無常，人心莫測。鄭傲十六年前救過妳一命，不代表他會一直是好人。」加百烈隨和地說，「就算是永帝，她在吃過八國聯軍攻進紫禁城的苦頭之後也曾經跟西方交好。姓鄭的也許在取得能源淨化技術的剎那，就跟初嚐夜明珠神力的永帝一樣，心靈已慢慢開始腐爛，淪為只懂得追求權力的餓鬼了。」

「也許如此。」

夏嬅心不在焉地附和著加百烈，仰頭望向遠處。

「阿嬅，妳只需要回答我一個問題：假如在戰場上遇到鄭傲，妳會怎麼辦？」

咻一聲，夏嬅猛然舉起長刀，刮起一陣鋒利的氣流，宣示著女戰士的決心。

「那男人確是我恩人，但你們是我家人。為了城寨、為了你、為了朵拉，我絕不手下留情。」

那就夠了。縱使雜念未有消失，但它只是沙石，夏嬅宛如滔滔洪流的強大意志足以將它沖走。

加百烈心滿意足地轉身離去。

44

綁著馬尾的少年用力推開日久失修的木門，走進陳舊的唐樓單位。他環顧四周，除灰塵多了些，單位內的擺設就跟十六年前一模一樣，絲毫沒有被人動過的痕跡。

窗外能清楚見到分隔永生國度兩種階級的灰色圍牆。正所謂燈下黑，任誰都不會想到史上最古老的攻殿者居然將安全屋設立在短命區和永生區的交界。那些不時在上空劃過的警察巡邏艇更幫忙趕走賊匪，讓這裡免於被闖空門之禍。

溥儀捨棄永生族孩子「陸青峰」的身份、剪辮留髮離家出走兩年。這次他轉生在一個相當平凡的家庭。然而，光是在永生族家庭出生已十分罕見。

在這壽命沒有極限的世界，自然死亡率為零，故有必要抑制人口增長。永生國度自宣統五十年開始已實行由朝廷中央管理配額的計劃生育政策，任何家庭想生孩子都要事先申請並輪候。違法者將會收回祝福，而嬰孩要麼立即了結生命，要麼和父母一起成為短命種。

45

陸青峰是父母輪候了足足二十年才等到、完全合法的孩子。可是他跟父母關係相當惡劣。這也難怪，畢竟小孩體內住著一個百歲老人。而且這老人不但好勇鬥狠，更視打倒那至高無上的統治者為己任，自然對平凡家庭的生活毫無興趣，只覺得在浪費時間。

不過，年僅十四歲就要離家出走是溥儀當初也沒有料到的，他原以為至少會在陸家待到成年。

但沒辦法，永生祝福巡禮忽然提早舉行，距離上次浮華殿升上雲霄只有十六年，就已經舉行新一輪巡禮了。

官方自然不會有任何解釋，但溥儀只想到一個：藍夜明的力量變弱了，釋放出來的永生能源壽命也隨之變短。

兩顆夜明珠如果一直分離，它們剩餘的力量只會不斷減弱，最終更會影響到宇宙的循環。

藍夜明變弱了，那紅夜明呢？

溥儀會不會終有一日忽然就無法轉生？

46

這不祥之兆過去一年如霧霾一般籠罩著溥儀的心智。藍魅與赤魅曾預言過，他會迎來最後一次機會。祂們沒有明講是哪次，但從各種狀況看來，極可能是今次。

鄭傲在二十年前創立梅花會社，山寨能源亦於去年出現。世界正一步一步應驗兩魅的預言。

接下來將會發生的便是鄭傲與香港城寨軍結盟，並於攻殿中途背叛他們，最終成功搶奪慈禧的夜明珠。

那將是決定性的瞬間，既然無法迴避，就只能反過來利用。溥儀針對它的來臨，已經進行漫長的準備。

他把雙手伸向其中一面牆壁，輕輕一推。白色的板塊隨即陷進去，上下兩端的滑輪連接上裡面的軌道，變成了一道趟門。

這面牆藏了一個暗格。

溥儀將趟門拉開，從裡面取出一把幾乎跟他一樣高的銀柄長劍，略為拉下劍鞘，臉頰隨即染上微量的藍光。

47

縱使過了十六年，長劍的刃依舊像藍夜明一樣在持續發亮。

世上並非只有夜明珠一種神物，地球其實埋藏著不少高維度的器物。當武人或鑄劍師修煉至劍仙境界就會連接上高維度世界，更會將無盡的力量傳導至手上的武器，使其昇華至神器。上古軒轅黃帝用來擊敗蚩尤的寶劍、大師歐冶子打造的龍淵劍，還有干將與莫邪都是屬神器等級的名劍。

溥儀一直以來攻殿失敗，其中一個成因在於他打不過梓才。對方除了過人的武藝和不死身，更手執削鐵如泥的能量兵器。

這把無盡天劍所蘊含的能量足以抵消永生能源，因此能斬殺永生族。而且劍刃本身就是硬化了的高溫火焰，威力無比，在它面前一切防具形同虛設。在釋放能量時更可伸長至數丈，當成遠程兵器使用。

溥儀覺得天劍的光芒似乎比十六年前第一次見到時更刺眼了。根據李承勛的《名劍記》所記載，此劍乃救世之劍，在世界面臨災厄時力量會增強。也許夜明珠的減弱預示著太陽系正步向滅亡，此趨勢觸動了天劍的強化功能。

可是，雖然尋獲神劍，溥儀卻遭遇致命的失算。

48

劍太大太重。以「陸青峰」瘦小的少年身軀只能勉強舉起，無法揮動自如，即使搭配最先進的智能強化衣或外骨骼裝甲也不行。但攻殿日子臨近，他等不及身體的成長了。

倘若沒法使用，武器再強都無異於一塊廢鐵。

然而無盡天劍是能夠討伐清兵的稀世之寶，何況溥儀費了許多工夫才找到它。不將它帶上戰場未免太浪費了。

「……怎麼辦才好？」

溥儀盯著仍在發亮的藍色大劍，思索了良久。

九龍城寨包羅萬有，可滿足人類一切所需。可是不會有人料到裡面甚至有座秘密研究所。

光記水電
海通藥房
7
ELEVAN
興運地產
2782021
輝記
押
麵
東本門
香港賓館
三陽鼓大閘
Coke

50

研究所七年前設立。當時發生人稱「血洗科技宮」的駭人事件，永帝慈禧下令捉拿大量有謀反意圖的科學士，無數國科院學者為求活命漏夜潛逃。亡命科學士之一的火旭正是在這個時候投靠梅花會社，為鄭傲開發山寨能源技術。

成功脫逃的科學士目前分散至各地的短命區。當中有一人逃進城寨，從此協助加百烈他們研究永生能源和夜明珠。

除了極具軍事價值的永生能源知識，這名科學士更令城寨軍得知夜明珠的驚天大秘密。自此以後，他們全神貫注進行攻殿的理由又多了一個。

加百烈帶同女兒朵拉走進研究所，穿過狹窄且地上滿佈雜物的走廊，進入書齋，開聲叫喚一名站在書櫃前埋頭閱讀的瘦高女子：

「敏惠，妳有事叫我們？」

女子抬起頭望向來訪者。

「是的，我和予思想向你匯報研究的最新成果。」

曾經是國科院首席科學士的敏惠以她修長的手指將書闔上。

51

「予思呢？」

「我在啊。」

戴著耳機跟智慧型眼鏡的褐髮女孩從旁邊走過來。其予思是一名民間歷史研究及考古學者。她原本四處流浪，收集世界各地因為禁毀書目越來越長而日漸稀少的歷史文獻。但自從去年在探訪城寨時遇到敏惠，她就決定暫時在這裡定居。

敏惠在逃離科技宮時，順道帶走了一份藏於宮中多年的研究報告。報告的作者是當年因串通美利堅攻殿者而被梓才當眾處決的女科學士載穎，裡面記載著夜明珠的運作原理。正正因為這份報告在科學士間流傳，才會引發「血洗科技宮」的行動。慈禧絕不容許任何人發現夜明珠的弱點，哪怕是自己的臣子。

其予思留在城寨是想在敏惠的協助下將報告背得滾瓜爛熟。她主張歷史研究需要配合科學知識。假如不知道夜明珠如何運作，那就不可能透徹地理解它對人類歷史上的影響。

「但在這之前，我們要重溫夜明珠的知識，以確保你們能理解。」

52

「沒問題，原諒我這粗人對抽象事物的理解力很差。但夜明珠的知識至關重要，拜託了。」加百烈說。

「我是科學白痴，麻煩妳們了！」朵拉笑吟吟的吐出舌頭。

「不用擔心。在說明方面我和予思自有法子。」

敏惠對此已習以為常。加百烈雖然缺乏學術知識，只對軍武、戰術和運輸等操作性領域有豐富的認識，書本則只熟讀《武經七書》，但這是生活環境所致。以一名武人來說，他已算相當好學。至於朵拉是負責留在城寨裡的「指定倖存者」，她仍有時間慢慢消化。

「首先，你們知道什麼是『維度』嗎？」

「零維是一點、一維是一條線、二維是一個平面、三維是一個立體、四維是立體加上時間。每個維度都是上一個維度的無限版本，比如一維是無限的點組成的線、二維是無限的線組成的平面、三維是無限的平面組成的立體、四維是無限個立體在時間軸上的變化組成……對吧？」加百烈回答。

「很好。那能量守恆定律呢？」

「我不敢說理解得很精準，是講能量不可以無中生有。但永帝手上的夜明珠可以無中生有地釋放永生能源，因此主流科學士認為守恆定律是錯的。朝廷更主張定律是怨恨大清的西方人用來妖魔化永帝的異端邪說。」

「這理解便足夠。夜明珠的確違反能量守恆定律，可是世上所有其他人和物都符合定律。我們可以先假設定律正確，而夜明珠具有超然於此常理的特性，接下來會說明原因。」

敏惠以眼神向其予思示意。其予思點點頭，啟動手上的投影裝置，以手指在投影空間中畫出一個圖案：

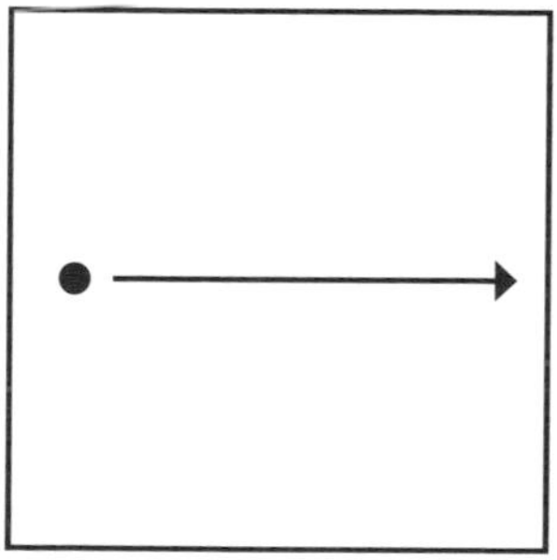

「試想像這正方形是一個只有兩個維度的世界，而黑點是居住在這世界的二維生物。這黑點生物正順著箭頭方向移動。當它碰上右側的『世界盡頭』時，你們覺得會發生什麼事？」

「無法再前進吧？那是世界盡頭啊。」朵拉馬上回答。

「對，這也是黑點生物預期會發生的事。但沒料到——」

其予思邊說邊操作投影裝置，影像開始動起來：

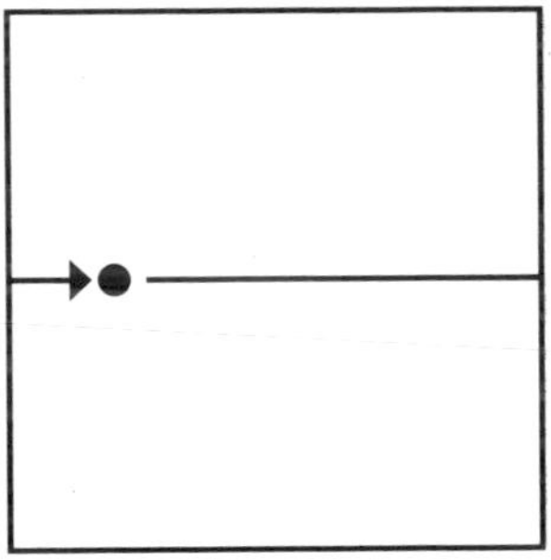

「——它穿過盡頭，回到原本的起點。」

「什麼？這豈不是違反二維世界的常理？」朵拉睜大眼。

55

「因為單憑黑點的二維知覺，它看不到世界的真實模樣。」

其予思再次操作裝置，影像又變了：

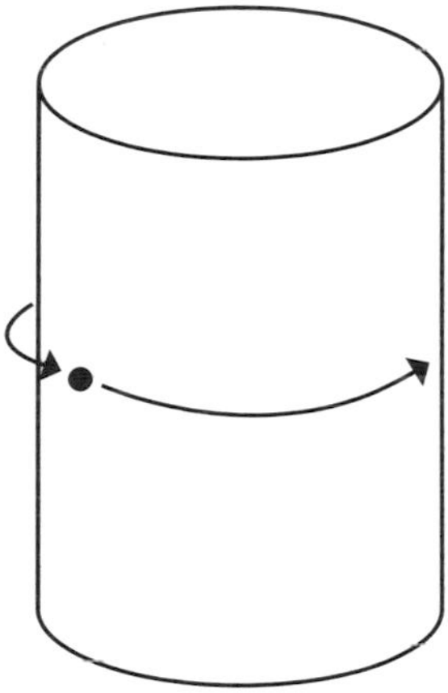

「從三維的視角看來，這二維世界其實是圓柱體的表面，因此右側其實不存在『世界盡頭』，往右走只會一直返回起點。但這是屬於更高維度的拓撲特質，活在平面上的低維度生物無法理解，它只能將這現象當成違反常理的特例。」

「……我有聽沒懂。」朵拉直接投降。

至於加百烈則點點頭：

「我懂了。我們的世界真的符合能量守恆定律，只是夜明珠具有某種無法觀測的高維度特質，使得它能違反此定律。」

「答對了。所以要正確理解夜明珠的運作，就必須捨棄一般常識，譬如『數量』。」

「數量……？啊，敏惠妳們以前有跟我講解過，夜明珠其實有兩顆。」

「對，根據載穎的報告，以及其予思透過交叉比對《清史稿》、《清實錄》和《永帝政紀》等歷史文獻後得出的結論，薩滿道靈臣當初俸給永帝的夜明珠理應是兩顆：紅和藍夜明。如今永帝手上只有藍夜明，紅夜明的下落及其特性是我和其予思這一年來在追查的目標。」

「所以妳們終於有成果？」

「有的，但目前仍屬推論。先講特性，失落的紅夜明具有與藍夜明完全相反的特性。」

「相反是指藍夜明能使人永生，而紅夜明則會使人馬上死去嗎？」朵拉沒頭沒腦地問。

「雖不中亦不遠矣。」其予思說，「兩顆夜明珠是維持著『世界之理』、平衡

57

天地循環之物，它們分別主宰存在物的兩種狀態：動與靜，或是變與不變，萬物均在兩種狀態之間搖擺。要麼固定在某種形態，要麼就喪失形態，正在變化成其他東西。藍夜明是『靜』——永恆之球，能使個體永遠不滅；紅夜明是『動』——變化之球，能使個體不斷改變。」

「世界之理即動靜相抵。」加百烈撫摸著下巴的鬍子，若有所思地說，「但現在兩顆夜明珠正處於分離狀態。」

「沒錯，這意味著天地循環遭到破壞，而且藍夜明代表的『靜』的力量正不斷侵蝕現實。再這樣下去，宇宙遲早會陷入熱寂，簡單講即是死透了。」敏惠凝重地說。

載穎的結論迫使慈禧要派兵消滅所有讀過這份報告的人。它質疑永生能源的供應並非無限，更直指手持藍夜明的永帝對宇宙生命的續存造成威脅，簡直將永生國度的合法性連根拔起。

「我們認為兩顆夜明珠的連結有點像這樣。」

58

敏惠走向堆積著大量書籍的木桌，從書堆中抽出一條裝有山寨能源電池和燈泡的電路。

「眾所周知，一切永生能源機器需要通電才會啟動。所謂通電，即是電路的首尾相連，閉合成環狀。」

她將電路斷開的兩端拼在一起，燈泡隨即亮起。

「兩顆夜明珠在高維度的世界中就是這條電路——世界之理的兩端，它們要碰在一起才能使萬物的循環恢復運轉。我們眼見它們是兩顆球體，實際上是同一個物體的尾部。過去百多年從藍夜明釋放出來的永生能源，只不過是斷開了的電路的殘餘力量，早晚會耗盡。」

「最近永生能源的保存期縮減至只有十六年，情況已刻不容緩。」

慈禧絕不可能自動放棄權力，更不可能放棄夜明珠。以武力攻殿是拯救宇宙的唯一手段。

加百烈再次明白他們的使命何其重大。這不單是為了讓短命種平等，更關係到全人類的命運。

59

「我完全不懂科學部分，不過啊，」朵拉問道，「聽妳們剛才的話，要解決這問題不單要拿走永帝的藍夜明，還需要紅夜明。它在哪？」

「這問題，我們只有比特性部分更站不住腳的推論。」其予思關掉投影裝置，「剛才朵拉妳其實無意間提到一點，正是我們的新發現。」

「嗯？我說了什麼？」

朵拉把合成棒棒糖含在嘴裡，天真無邪地歪著頭。

「宣統元年清曆十月二十二日，在慈禧獲得夜明珠同一天，有一個人忽然離世，死因不明。就連光緒帝載湉都有公佈死因，此人至今卻仍死得不明不白。亦在同一天，紅夜明就徹底從歷史消失。」

「……宣統帝溥儀！？妳們覺得他的死是因為得到紅夜明！？」加百烈極為錯愕，「他不是因為慈禧從此不再需要傀儡皇帝才遭到殺害嗎？」

「另外一個疑點是，這名叫載穎的科學士的研究報告絲毫沒有參考前人的痕跡，是僅憑一人獨力完成。」敏惠說，「她不單知道紅夜明的存在，甚至對它非常了解，彷彿執筆期間，那顆夜明珠就在她手中。」

60

「啊啊，我懂了。」朵拉興奮地舉起手，「妳們想說載穎就是溥儀，那年幼的皇帝就像活佛一樣不斷投胎轉世，這就是紅夜明的力量！」

「真難以置信……但既然藍明珠能使人永生不死，這也不無道理。」

加百烈猛力撫摸著下巴，努力消化到剛剛為止的資訊。

「看來這位持續在轉生的溥儀應該與我們利害一致。載穎除了撰寫這份危險的報告，更勾結過美利堅的攻殿者。只是……如何才能找到今生的他？我們並不知道紅夜明挑選轉生對象的規則，說不定完全隨機。」

「對啊，溥儀今生可以是任何人，甚至其實一直在我們當中呢。」朵拉頑皮的賊笑道。

「我反而覺得既然溥儀也是攻殿者，他到底是誰就不太重要。時機一到他會自動現身，將夜明珠歸還大地。」敏惠說，「假使他真的沒出現，我們只要取得藍夜明就可以利用永生能源的監控網絡尋找他的蹤影。」

「此話也有理。」加百烈點頭，「總之結論不變，我們集中火力攻殿便可。」

61

這時，加百烈手臂上的通訊裝置發出聲響。他隨即按下接聽鍵。

「怎樣？」

『大件事！』

副官管家恐慌的聲音響遍整個書齋。

『鄭傲他們光明正大的出現在城寨外面，說想進來！』

参

福禍相倚

九龍城寨南面每道窗戶都至少有一把槍冒出來。數十個槍口一致瞄準佇立於寨外的可疑人影。

管家在其中一個單位內，向剛趕過來的加百烈和朵拉報告最新情況：

「只有三人，看打扮應該是首領鄭傲、科學士火旭和女殺手趙菁，全是梅花會社高層。我們用分析儀簡單掃描過，只有趙菁身上有兩把刀，其餘兩人都沒有武裝。」

「他們在打什麼鬼主意？」

加百烈一臉不解地透過窗口看著遠處那三名身穿紫色裝束的不速之客。

「他們說想進來交涉。」在這單位內手持遠程步槍戒備的狙擊手是夏嬅。她單腳跪地托住步槍，單眼盯著準心，頭也不回的開口應道。

「城寨部落的勇者們！我們是懷著善意前來！」

不速之客裡面站在正中央的瘦高男子高聲呼叫。此人正是鄭傲，他總是穿著

67

一件用特殊合金打造、以紫色為主的奢華鎧甲，眼睛部分更特地設計成會發出紅光，令人想退避三舍。據說從未有人見過他的真實容貌。

加百烈之前從沒和鄭傲打過交道，但有看過一些他在發表講話的影片，知道此人說話時動作非常誇張，更經常展開雙臂。現在這名男子正擺出此招牌動作。縱使被大量槍口指住，他也毫無懼色，彷彿一切都在他掌握之中。

「如你們所見，我們三人都沒有佩帶任何槍械！你們可以隨時將我們擊斃，但我敢打包票，現在殺掉我們將會對你們造成重大損失！」

「真會胡說八道。」管家語帶輕蔑，「這是圈套，他們周遭一定有大量人馬在埋伏，想將我們一網打盡。」

可是，鄭傲下一段話立即使他啞口無言：

「城寨部落的勇者們！我們梅花會社鄭重提出結盟邀請，與你們組成聯合部隊明日一起攻殿！」

「結盟？」

加百烈不禁懷疑耳朵失靈，但周遭的人做出完全相同的反應，他知道自己真的沒聽錯。

「梅花會社想與我們結盟？」朵拉手上的棒棒糖差點掉在地上。

「我們會在這裡站一小時靜候佳音！時限一過就當你們拒絕！」

鎧甲男子說完就恢復沉默，放下原本高舉的雙臂。

「大哥，怎麼辦好？」管家已不再像剛才那般強硬，他轉向加百烈尋求指示，不只是管家，眾人紛紛望向他們的最高領袖。

「這是圈套吧？」

將梅花會社可疑的提案一笑置之，甚至直接下令射殺他們是很簡單的，可是加百烈一時間拿不定主意。

城寨軍的攻殿部隊每次都失敗而回，十六年前更是無人生還，包括他心愛的女人，這是鐵一般的事實。

假如一切作戰條件不變，這回攻殿的結果只會一模一樣。面對鎮國將軍梓才與八旗軍，他們毫無勝算。朵拉必定會失去父親，年紀輕輕就要獨自背負起指揮城寨軍的重擔。

如果富可敵國的梅花會社成為盟友，情況就不同了。

但是，這提案實在太誘人，反過來讓人不安。鄭傲向來城府很深，而且是個野心家，加百烈相信他別有用心，絕不可能只是欲推翻慈禧統治這麼單純。

「烈哥。」

夏嬅忽然開口。原來她已經站起，甚至不再把步槍指向遠處的三人。

但更教人驚訝的是她接下來的話：

「姑且聽聽他們的提案。」

「小嬅妳認真！？沒撞到頭吧？」不止棒棒糖，朵拉連下巴都幾乎掉下來。

「原來你們反對？那何以猶豫不決？」

夏嬅嚴厲地反問，雙眼掃視單位內所有人。

70

「你們明白結盟有好處，但對方是梅花會社，因而卻步。會社過去一年確實對攻殿者不利。但我們原本就是賤民、大清眼中的廢物，沒有誰比誰高尚。我們沒必要執著無謂的道德潔癖，影響作戰部署。結盟能否令攻殿成功才是最重要。既然如此，就需要先了解會社的具體提案。」

沒有人能夠反駁。加百烈知道夏嬅其實心裡另有想法，剛才或多或少是借口。但借口歸借口，不代表毫無道理。因為有「攻殿者發祥地」的沉重歷史包袱，他們有時過度在乎一些行為會否影響聲譽，反而綁手綁腳。

「管家，聯絡外面三個藏身處的部隊進入戒備狀態，同時叫他們派員監視城寨周遭的動靜，確保沒有伏兵或陷阱。」加百烈下令，「通知蔡老闆，我們會在他的冰室見客。另外派員帶那鄭傲他們到蔡老闆那裡。」

「遵命！」

管家匆匆離去。

加百烈轉向兩名女孩：

「阿嬅跟我來，朵拉妳留在這裡。」

71

臨記冰室是一間城寨在外圍的三層高石屋。除了正常餐飲服務，它還是城寨軍進行密會的御用場地。冰室其中一個角落的地板有道暗門，門後是連接遠處一棟建築物的地底通道，讓赴會者可以偷偷進入冰室而不被察覺。石屋所有玻璃都安裝了立體顯示屏，可以用來播放冰室內部坐滿食客的偽裝畫面。

加百烈和夏嬅踩著花紋地磚，在正中央的大圓桌找了兩個位子坐下來。

鄭傲一行人早已到步。鎧甲男子正百無聊賴地抬頭看著天花板懸掛下來的電視機，上面正播放麗的電視台製作的劇集。正當加百烈他們現身，剛好是梅艷芳飾演的女主角出場的時候，這位著名的永生族歌手曾因為十七年前以永生能源戰勝癌症而成為一時佳話。

「真大陣仗呀。」

鄭傲事不關己似的看著從加百烈和夏嬅身後湧出來、將他們團團圍住的十幾名城寨軍士兵。

72

「以你們襲擊過上千攻殿者的臭名來講，人數算少了。」加百烈沒好氣回道，「廢話少講，你們想怎樣？」

「剛才已很大聲說過了，結盟。」

鄭傲懶洋洋地在圓桌上翹起二郎腿。在他說話同時，夏嬅的焦點落在他左邊的女子身上。

銀髮女子不像鄭傲那般悠閒自在。她面無表情地轉動眼珠觀察四周，豎起耳朵傾聽冰室每個角落的動靜。雖然不明顯，但她雙手正維持著隨時能拔刀的狀態。正因為有她在，鄭傲才會如此處之泰然。如果真的打起來，只有加百烈和夏嬅能全身而退，普通的城寨士兵完全不是她對手。

梅花會社首席殺手趙菁。她與夏嬅年紀相仿，也同樣是孤兒，被會社收養並自小接受暗殺訓練。夏嬅對她的事跡一向略有所聞，甚至曾經反思過，趙菁和自己的區別也許只有接走自己的組織不同罷了。如當年收留夏嬅的是鄭傲，她現在鐵定會坐在趙菁的位子上，準備好與城寨軍大開殺界。

73

她就像另一個自己。

最後一人火旭就跟鄭傲一樣蒙住面目，頭頂還念念不忘地戴著任職國科院時獲得的官帽。據說他專門研究人體感應技術，有謠言指他甚至能控制人的心智，但這已被曾是他同事的敏惠所否定。

鄭傲負責發言，而趙菁則負責警戒，這名亡命科學士則活像個擺設，坐姿筆直端正，什麼也沒做。

「敝會社過去一年已偷偷調動一千人來到香港短命區待命，除了人手更會提供軍備和能源。」

「這聽起來光對我們有好處，對貴會社有何得益？」加百烈開口問。

「部落的勇者們，你們知道自己對清兵最大的優勢是什麼嗎？」鄭傲忽然丟出一條牛頭不搭馬嘴的問題。

士兵面面相覷，沒有人開口。

「是他們的輕敵。」鄭傲攤開兩手，「因為你們是所有攻殿者中最弱的。」

74

此話一出，冰室的氣氛驟然大變。全場的士兵都怒目橫眉地直視鎧甲男子，趙菁纏住刀柄的五指隨即握緊。

「這是事實陳述，我無意冒犯。」鄭傲說，「香港這片彈丸之地缺乏天然資源，短命區自然特別貧困，況且能用的走私渠道很少，軍備和戰鬥人員長期短缺。偏偏因為歷史因素，永生區的尖沙咀設有其中一座永生之泉，是浮華殿的落腳處。於是你們這些阿金後人便被迫背負起攻殿者的重擔。你們的弱小是先天的，不是你們的錯。」

「所以你的意思是：我們是用來掩飾背後你們這頭大老虎的小狐狸？」

儘管被指實力弱小，加百烈並未表現出任何不快。

「這講法真難聽，但的確如此。」

縱使被看扁，至少鄭傲的具體想法已逐漸明朗化。比起單純的善心，現在的講法更容易教人接受。

「在我們有答覆前，你們要回答一個問題。」

夏嬅插話道。

75

「既然你們打算攻殿，為何過去一年要不斷傷害攻殿者？」

這是夏嬅提出和鄭傲見面的真正目的，她要親耳聽到昔日的救命恩人的辯解。

「首先我要澄清，」鄭傲事不關己似的說道，「敝會社的確多次突襲仍未出征的攻殿者，但他們只有受傷流血和物資遭到搶掠破壞。我們半個人都沒殺。」

「一派胡言！」

其中一名士兵指著鄭傲罵道。

「我沒騙你們，不信可以找人聯絡紐約、柏林、北京、聖保羅和比勒陀利亞的攻殿者。」

加百烈以眼神對其中一名士兵下令找管家聯絡各地攻殿者。該士兵馬上點頭，轉身離去。

「那，你們目的是什麼？」夏嬅追問。

「人有惰性，永生不死的人尤其嚴重。」鄭傲笑道，「當過去一年防禦攻殿者的工作一直有人代勞的話，你們覺得會怎樣？」

76

「你們想令八旗軍鬆懈？」

「我們有探子持續監視浮華殿和永生之泉的人員調動，他們這一年人手越來越少。加上這裡是香港，估計到明天，在永生之泉的清兵只有三百人左右。浮華殿裡面雖然有儀仗軍隊，但它在天空航行期間不會有糧食等物資供應，駐守的清兵不會太多，頂多三百。清兵當然會叫外面的增援，但只要取得夜明珠，來多少人都已不足為懼。」

鄭傲將過去一年的「成果」娓娓道來。

「敝會社這樣做還有第二個理由。你們攻殿者的嗅覺太敏銳了，山寨能源才剛出現就馬上想到將它注入武器中可以抵消藍色能源、殺死永生族。但我不能讓清兵太快發現到這點，所以要搶在攻殿者拿這些武器去攻擊他們之前將它們毀掉。」

他壓低聲線。

「明天攻殿，我們將會讓他們初嚐死亡的滋味。真期待八旗軍嚇得屁滾尿流的慘狀呢。」

77

最弱的香港攻殿者忽然有一千人增援並手持最先進的兵器、原本幫自己掃蕩攻殿者的梅花會社忽然倒轉槍頭、永生不死的清兵居然會被殺——鄭傲過去一年在努力去達成這三項條件，好讓明天能殺清兵一個措手不及，大大增加勝算。

這恐怕是百年以來最有可能成功的一次——加百烈和夏嬅不約而同的想道。

梅花會社能否完全信任仍是疑問，但城寨軍沒有太多選擇空間。保留短命區原本就只是慈禧用以緩衝社會矛盾的權宜之計，屬特殊狀態底下的產物。隨著永生國度的監控和軍武科技日漸先進，短命區只會不斷萎縮下去。

對梅花會社亦同理。永帝不可能無了期縱容山寨能源流通，而鄭傲權力再大，充其量只能繼續當短命區的土皇帝，短命區一消失他就什麼都不剩。

長遠來講，慈禧確實是城寨部落和梅花會社的共同敵人。也許鎧甲男子因此才決定為這次攻殿沽注一擲。

「哎呀，差點忘了說，這次結盟是有條件的。」

鄭傲開腔打斷了兩人的思考。

78

「我已當這次攻殿是最後賭注，一切資源都要用盡，所以你們城寨軍必須總動員，否則結盟作廢。」

「什麼？」

突如其來的條件使兩人眉頭緊繃。

這不就代表朵拉也要上戰場？

「別擔心，我鄭傲本人也會走上前線。敝會社已制定好攻殿的作戰計劃，將由我和趙菁兩人打頭陣。」

加百烈沉思半晌。

為人父母，當然不希望將女兒帶上戰場，萬一白頭人送黑頭人怎麼辦？

可是身為城寨軍的首領，他必須放下私情，以攻殿部署為最大考量。何況只要這次攻殿成功，就沒必要將重擔留給下一代，朵拉已不用再豁上性命與超級強權對抗。

這當然要看朵拉本人的意願。但其實連問都不用問，她早前已表明有意和父親並肩作戰。

79

他看了看身邊的女戰士。從她眼神就知道，女子和自己一樣已有相同的結論。

「好吧。我們同意結盟。」

「很好！我知道你們對多餘的禮節沒興趣，握手儀式就免了。事不宜遲，開始準備吧！」

鄭傲滿意地說，彷彿早已知道結果。

當晚，大量以斗篷遮住底下紫色裝甲的人影從四面八方湧進九龍城寨。

梅花會社除了有戰鬥人員，還有技術人員將一箱箱使用山寨能源的槍械、子彈、能量刀劍、防具等軍火運進城寨，將它們逐一取出向城寨軍示範使用方法。

加百烈和夏嬅在指揮中心跟鄭傲討論明天攻殿細節；朵拉一聽到自己也可以參與攻殿就興奮難當，急不及待跑到練兵場熱身；管家因為突然增加的一千人而忙著整理編制。

「好久不見。」

80

至於火旭則上門拜訪隱居在城寨的亡命科學士。

「嗯。」敏惠有些冷淡。

兩位舊同僚之間散發著微妙的氣氛，令其予思不敢開口打斷。雖然她有事要找敏惠商量，但決定暫時在遠處靜觀其變。

即使在兩人同在國科院的時期，敏惠對火旭而言也是相當遙不可及。火旭比她更早考進國科院，年紀也更大，可是敏惠一進來就已經備受重用。她接下原本由伊隆・麥斯克負責的項目，成功用極短時間完善浮華殿的懸浮引擎，將能源消耗減至最低，耐用性也大大提高，因而獲慈禧提為首席科學士。

火旭長期在人體感應技術的開發部門打拼，卻一直苦無進展。有一次敏惠路經他的研究室，好奇望了火旭手上那個以鐵塊拼成的人體感應儀一眼。

「這是基於你們部門的前任主管科學士弗朗茨・梅斯梅爾的『動物磁性說』開發出來的吧？他的理論是錯的，磁性不能用來解釋生物活動。」

敏惠語畢就轉身離去，留下不知所措的火旭和捧在他手中的垃圾。他花了一年時間開發的裝置，敏惠一瞄就知道它是失敗品。

81

很不可思議地，火旭沒有因此對敏惠懷恨在心。她當時眼中甚至沒有火旭本人，純粹對實驗裝置進行科學分析。這是所有人心目中最理想的科學士，是眾人的典範。火旭覺得她的存在可以時刻提醒自己要努力成為這樣的人。

「我不會批判你的作為。對大清來說，你我都是逃犯，且為了活命而替別人工作。投靠梅花跟投靠城寨差別不大。」

敏惠主動打破沉默。

「可是身為科學士，我認為你開發的永生能源淨化技術是非常、非常了不起的壯舉。就連我都沒法看透如何斬斷能源與永帝的連結。我知道你不能、也不會把這技術分享給我，但我實在很想親眼看看那部淨化機。」

火旭知道她的讚賞完全發自內心。正因為如此，他更不能老實接受。

「敏惠，我只在這裡說實話，拜託不要說出去。」

「……好。」

「永生能源淨化技術的開發者不是我。」

「什麼？那是誰？」

「是鄭傲他自己。」火旭顯得有些洩氣，「我加入梅花會社的前六年都沒見過他，只在柏林的研究所擔任開發主管。直至一年前，他終於跟我見面。我一走進他的房間，他就將那部淨化機推給我。」

「為什麼要對外宣稱是你發明？」

「天知道，也許那混蛋不想讓人知道原來他有科學士級別的學識吧。總之他初次見面的要求便是要我掛上永生能源淨化技術發明者的名銜，並以此為功勳晉升至會社的首席科學士。」

「究竟鄭傲是何許人也？我一直以為他是從商出身。」

「據說是，但我也聽說他從前是永生族，說不定曾在東京大學堂有工學部學位呢。日本始終是亞細亞最早引進科學的地區。」

火旭望向敏惠。

「妳似乎對我不是淨化技術開發者這件事毫不吃驚。」

「沒有……我……」

「沒關係。我深知自己沒有才能。只是，雖然很不甘心，但淨化技術發明者

83

的名銜真的很有用，假使我離開了會社也不怕沒人收留。這是平庸科學士的命運，我不像妳，必須對現實妥協、耍一些小手段才能繼續存活。」

雖然戴著面具，但任誰都知道他正面露苦笑。

「不過他很早就關注我的人體感應技術，特別是以腦波遙距控制機器的配對裝置。在我成為首席科學士之前的五年都是針對此領域進行研究。」

「那證明你並非一無是處。」

雖然所屬組織不同，但敏惠也開始想安慰眼前的可憐男人。

「只因為投靠會社的科學士裡面沒有妳罷了，我是一堆爛橙之中比較好的一顆。」

敏惠無言以對，因為她知道火旭說的是事實。

朵拉先在靶場練習射擊，再化身以雙刀為翼的蝴蝶翩翩起舞，重新熟習冷熱兵器。她本是指定倖存者，要將訓練空間留給攻殿者們使用，所以已經整整一星期沒有伸展過筋骨。

久違的運動使朵拉身心舒暢。汗流如雨的她不由得嘴角上揚，開懷大笑。她終於要跟隨十六年前母親的步腳，明天將延續那未竟之道。今次形勢大好，說不定會為那教人咬牙切齒的血脈詛咒劃上句號。

練兵場其中一角有個神龕。不像一般拜武會擺放關帝像，攻殿者的神龕供奉對象是阿金。阿金對城寨人來講更是有特別意義，此人既是先人，也是戰神。

少女每次瞥見龕中金髮碧眼、手持刀劍的小人，即使她那時是笑著的，眼神總是充滿怒意。

朵拉對攻殿者阿金恨之入骨。正因為有這人留下的傳說，才導致百年以來那麼多愚蠢之徒毅然捨棄家人、用離別刺傷身邊所有人，飛蛾撲火一般跳進由永生能源燃點的火海中化為灰燼，當中還包括朵拉的母親。

忽然，朵拉感受到一股冰冷的視線，使她感到一陣寒意。

梅花會社的紫色女子無聲無息出現在眼前。

趙菁遮蔽了氣息，運用特殊步法反覆移往朵拉的視覺死角。在趙菁主動站直、高調瞪視之前，朵拉未曾有察覺她早已離自己如此的接近。

85

假如趙菁有意殺人，她早已人頭落地了。朵拉不禁寒毛直豎。

「妳為什麼在笑？」

朵拉作夢都想不到，殺人無數的紫色女子會將充滿殺氣的目光投向自己。

「攻殿不是遊戲，是賭上性命的死鬥。我再問一次，妳為什麼在笑？」

趙菁步步進迫，手上的利刃綻放著冷冽的光芒，漆黑刀身猶如一道將靈魂吸進去的陰間縫隙。

但朵拉沒有退讓。

「我知道。正因為賭上了性命才更加要笑。笑容是我的最大武器。」

趙菁的腳步停了下來。

「武器……？」

這是遠超出她意想的答案。從小到大，趙菁都以為「武器」必定是使人流血之物，臉部肌肉的動作怎可能是武器？

但她知道少女不是信口開河。

此刻，縱使被刀尖抵住喉嚨，少女仍然在笑。

「趙菁小姐妳知不知道，在我開始主動綻放笑容之前，城寨軍是多麼的死氣沉沉？」朵拉道，「大家都被那個阿金遺留下來的負擔壓得喘不過來，每隔二十年就被短命區的居民寄予厚望，在群眾壓力下派出一批人送死，慘不忍睹的戰績又要與其他攻殿者比下去。可是我們不能停下，當城寨軍不再攻殿，就會連僅餘的價值都失去。」

說罷，朵拉將手上的刀丟走，將性命交託給紫色女子。

「既然我們無法改變命運，那就改變自己、改變我們的心態，珍惜仍然有生命的每一分一秒，盡情去笑。這是我的反抗方式。我痛恨攻殿，因此我愛死了不需要攻殿的平靜日子，絲毫不能浪費。珍惜乃我們短命種比永生族要優勝的美德。」

「……」

趙菁默默將黑刀放下。

少女擺出來的並非輕視戰鬥的嬉皮笑臉，而是恰恰相反。那是珍視有限的日子、用以點綴生活，為大家增添一丁點喜樂的微笑。

87

少女也許在殺敵方面不是高手，光從剛才她揮刀已經看見有很多動作出錯。但她擁有另一股不可忽視的力量，絕非弱者。

女殺手無言地轉身離去。

朵拉忽然明白趙菁其實無意殺人，她只不過對自己感到好奇而已。可是女殺手人生中遇過所有人都只會在面對生命危險時才講真話，導致她除了舉刀指嚇就不懂其他從別人口中獲得答案的方法。

「真笨拙呢。有點可愛。」

她對著那早已消失不見的背影吃吃笑道。

指揮室只剩下夏嬅和鄭傲兩人。

加百烈從趕進來的城寨兵得悉朵拉在練兵場被趙菁以拔刀相向的方式「招呼」，立即飛也似的衝出去確認女兒安危，臨走前更大罵鄭傲沒有看管好部下，回來會跟他算帳。

對此，鄭傲事不關己似的聳聳肩，老實待著，再次打開電視機觀賞麗的電視的節目，看來他是此香港電視台的忠實觀眾。

「鄭先生。」

醞釀了許久，夏嬅終於股起勇氣：

「你對十六年前的啟德廢墟有沒有印象？」

「……」

鎧甲男子沒有回應，夏嬅繼續說下去：

「當年香港攻殿者被輕易擊退，反過來遭清兵追殺，一路逃至短命區。」

那時攻殿者的領袖正是加百烈之妻、朵拉之母，她早就在永生之泉的城門外面被梓才砍下首級。群龍無首的攻殿者陷入一片混亂，紛紛往四面八方逃走。

「清兵通常只會將攻殿者趕到在圍牆外就撤退。但這回居然殺得興起，或是獲得慈禧的默許，他們首次大肆闖入短命區，亂槍屠殺雞飛狗走的短命種，只要眼見到的一個都不留。我雙親正是那時被殺。」

男子依舊沉默。

89

「區區小孩子當然不可能是攻殿者。他們卻仍然視我為獵物，我連鞋都來不及穿就要跑到街上逃命，一路被三名清兵追殺至啟德。我試著躲進瓦礫堆，但還是被發現。他們用力將我拉出來準備施暴之際，有個傷痕纍纍的男人救了我。他朝永生不死的清兵扣下扳機，以槍彈引開他們的注意，讓女孩逃脫。」

夏嬅直勾勾看著鄭傲。

「因為被頭盔蒙住面目，我看不到男子的容貌，但我知道他穿著和你一模一樣的浮誇裝甲。當然經過慘烈的戰鬥，盔甲已經變得破破爛爛，不及你現在身上的那件完整。後來我稍稍調查後就知道，世上只有一人是如此的裝扮，那就是梅花會社的鄭傲。」

鄭傲關掉了電視，但未有開口。

「鄭先生，」夏嬅戰戰兢兢的說，「你曾經是攻殿者吧？十六年前，你在香港與城寨軍一起攻打過浮華殿。你是唯一的生還者，但因為你是中途混入的小兵，死裡逃生之後也未曾與任何相關組織接觸，所以幾乎沒人知道你當時在場。」

加百烈對此也知情。在愛人出征當日，年輕的他是負責留在城寨裡的「指定倖存者」。他將剛出生不久的朵拉抱在懷裡，默默地目送妻子率領眾人離去。當時尾隨妻子的寥寥數十名攻殿者每個背影他都記得一清二楚，當中包括鄭傲的紫色鎧甲。

正因為這樣，縱使加百烈有懷疑過鄭傲的結盟邀請是別有用心，他仍決定相信這個曾經和他深愛的女人並肩作戰的男人一次。

「你會選擇跟城寨軍結盟，不只因為我們是最弱的攻殿者，也因為你曾經參與其中，更經歷過慘痛失敗，成為了你心中的刺。你想藉此洗雪恥辱。」

夏嬅捏緊拳頭等待答覆。

經過片刻，鄭傲終於開口：

「加百烈老婆是女中豪傑，連死都死得特別轟烈。她堂堂正正跟梓才單挑，為其他攻殿者爭取撤退的時間。可惜她連可以用來紀念的名字都沒有，大家只叫她『首領』。」

他的聲線平坦，不再輕浮。

91

「不過小姑娘，有一點妳說錯了。當日的失敗不只在心中，它至今仍然伴隨在我左右。」

鄭傲拆下右手部分的裝甲，露出底下的手。

那根本不是一隻手，而是一串人造的銀色支架，鑄造成肱骨、尺骨、橈骨、腕骨、掌骨和指骨的形狀，是模仿人手的義肢。

「我成功從那三名清兵的凌虐中活存下來，但失去了四肢，臉部亦毀容。從前穿這件裝甲只為了使別人容易留下深刻印象，方便行商，但現在不這樣穿就無法見人了。」

夏嬅屏住呼吸，說不出話來。

鄭傲說話時手臂的動作那麼誇張，是因為義肢結構不及人體精緻，做出簡單而大幅度動作會比較容易。

為了救她，這男人從此身體殘廢，只能躲在紫色的保護殼裡面。

這是她的錯。

「但妳別搞錯，責任不在妳，何況因為當年我有開槍，現在才有妳這令人放心的戰力存在。拜這支離破碎的身體所賜，我已完全清醒過來，明白到對付永帝必須不擇手段。」

鄭傲把手部裝甲裝回去，遮住醜陋的金屬骨骼。

「敝會社的做法在你們清高的攻殿者眼中也許是邪門歪道，但如不這樣做根本傷不到大清的分毫。只有成敗才可以論英雄。」

償還昔日城寨「首領」的救命恩情、扭轉十六年前的敗局、推翻使自己變成四肢殘缺的大清帝國——眼前的男人背負的重擔與心結，其實不亞於任何一名城寨軍。

「鄭先生……」夏嬅忽然有個念頭，覺得他還有一個目的，「你想利用夜明珠恢復完整的身體？」

她記得在臨記冰室展開會談前，鄭傲有一段時間將目光集中在電視裡的梅艷芳身上，她曾靠著永生能源消滅體內的癌細胞，恢復健康。

雖然梅花會社擁有能源淨化技術，但輸出的山寨能源無法讓身體再生，只有

93

藍夜明釋放出來的純正永生能源才可以。可是只要藍夜明一直在慈禧手上，短命種就永遠無法使用純正的能源。

鄭傲沒有回話，重新打開電視機，從此不再開口。

雲朵上方出現不可能存在的龐然異物，伴隨著低沉的隆隆之聲順滑地向前航行，純白的雲層被巨大的影子染成一片漆黑。

從地面發生的永生奇蹟，甚至伸手染指天空。克服了死亡的人類，憑著其抽象思維能力創造出名叫「科學」的武器，指揮雙手打造科技，終於成功征服星球的重力。

空中宮殿浮華。此乃一朵周遊列國散播不滅的種子、永不凋謝的盛開之花。

揮灑祝福的宮殿離開亞美利加洲，穿越一望無際的太平洋，往新安縣一隅進發。

皇上，將大駕光臨香港。

94

相較於九龍城寨宛如大自然般雜亂叢生的「屋林」，浮華殿每一磚一瓦都由中央集權的絕對意志所決定。宮殿用尖端納米技術加工過的碳材質建成，極為堅固，立柱數量很少。納米碳材是能傳導永生能源的物質，永帝即使足不出戶已可透過殿身將能源釋放到外面。

永帝聽——浮華殿內的空曠明間傳出響亮的腳步聲。披著厚重裝甲的碩大男子跨過門檻，走近正中央的朱漆方台。

「奴才梓才恭請皇上聖安。」

跪安，起立，再走幾步到前方的白氈墊上跪下。

坐在方台上寶座的美麗女子睜開綻放著蔚藍螢光的眼睛，面無表情地凝視底下的臣子。

女子衣著奢華，頭上的大拉翅正中央更鑲著一顆大珠寶。可是這一切都遠遠不及女子佛字龍袍胸前的發光球體——藍夜明。龍袍和大拉翅的藍色紋路、頭頂的珠寶以至女子的眼眸，都是依賴夜明珠的無邊法力才持續發光。

張眼動作看似微不足道，可是對女子來講，這已是給予眼前的人莫大的尊重。

95

女子的眼睛不只有長在臉上的那一雙，而是無數。永生能源分離自她，是她的一部分，每台機器、每名永生族體內都連結著她的意識。她能聆聽一切，將地表所有活動盡收眼底。她全知全能，精神狀態已經達至「神」的境界。

身為萬人萬物之上的「神」，忠心侍奉大清超過一百年的鎮國將軍是她極少數仍然「放在眼內」的人。

除了寶座上的女子和梓才，廳內空無一人，只有自動機械護衛在旁邊駐守。在獲得夜明珠後，她一人已能處理所有政務，於是大幅簡化官僚架構。除了科學士，文官都變成浮華殿的冗員，數十年前全被廢除。

「說。」

永帝慈禧開口，宏亮的聲音在廳內任何一個角落都能聽見。

「喳！皇上先前的密令經已辦妥，現在只需要等待明天開花結果。」

慈禧從不踏出廳外，但她無所不知，更早已透過電腦網絡處理日常事務。加上浮華殿所在地常常不固定，臣子親身領旨、奏對或稟報皇上的情況已日益罕見。

96

唯獨梓才例外，身為女皇帝的百年心腹，以及長駐浮華殿的八旗軍之首，他經常執行由永帝直接下達的密令。密令內容保密，不可以在電腦世界留下任何痕跡，故有必要親赴永帝廳。

「好。」

女皇帝淡然應道。

「你跪安吧。」

「喳！奴才告退。」

梓才起來跪安，面向方台後退數步，轉身出門。

在扭轉身軀的瞬間，梓才藏在面具後方的眼珠飛快地瞥了廳內角落一眼，左手摸著腰間的一把劍。

直到鎮國將軍的身影完全消失在門後，慈禧才從龍椅站起身。她拖著袍襬慢步走下台階，往梓才視線投向的方位邁進。

那裡佇立著一座透明的圓柱體。柱內部正中間有個年幼小孩。孩童身穿御黃龍袍，頭戴冠冕，雙目緊閉，臉色慘白，怎麼看都早已失去生命。

97

永生國度已高度科學化，連永帝自己都已捨棄昔日的滿天神佛，廳內不再擺放任何雕像，亦沒有以神獸為主題的裝飾。

但有一口裝了死人的晶體靈柩，或者說是標本更加適合。

小男孩已死去超過一百年，遺體卻沒有腐爛。永生能源雖無法讓死人復活，但可以以「靜」將其封印，保持失去靈魂的軀殼完好無缺。

晶體棺材閃爍著和夜明珠一樣顏色的光輝，但已變得黯淡，彷若即將燒完的油燈。

永帝伸出手掌貼在它表面，釋放出藍色的祝福。不消一會，棺柩的亮光回復燦爛。

能源的壽命確實在變短——這一年來慈禧已察覺到異樣，最近懷疑更轉為確信。

「道靈臣……」

慈禧開聲叫喚離去多時的知己。

「你何時才會為朕帶來佳音？」

98

縱使永帝是地球至高無上的統治者，世上仍然存在連她都不知道、只能夠祈禱的事。

夜幕低垂。除了哨兵，城寨中人和暫居的梅花會社社員紛紛入睡，為幾個時辰後的決戰養精蓄銳。裝備就這麼多，武藝也不可能一夜之間突飛猛進，現在能做的只有保持體力。休息也是戰鬥的一部分。

有一人卻沒這麼做。此人毫無睡意，乾脆跳出被窩在月色底下散步。她在抵達漆黑無人的練兵場時停下腳步，於熟悉的位置靜坐沉思。

今日實在經歷太多，夏嬅腦袋幾乎被塞爆，思緒像無頭烏蠅到處亂竄，連夢鄉的入口都無法接近。

意料之外的結盟、攻殿很可能有勝算、從救命恩人口中聽到他的私密痛苦，但連好姊妹朵拉也要踏上戰場。

99

明天之後，世界會變成怎樣？我們能贏嗎？鄭先生會怎樣？朵拉和烈哥可以活著回來嗎？

靜謐的黑夜，只聽到心臟響亮的砰砰跳動。

對黎明的來到，她既期待又恐懼。未來存在太多不確定性，使心情比起明知道會白白送死的狀況更為忐忑，簡直就像整個世界的重量都壓在頭上。

「至少，如果我可以更強……」

那就算無法打勝仗，至少也能保護好父親跟妹妹，就算獻上性命也在所不惜。昔日那位素未謀面但名義上已是她娘親的「首領」就犧牲了自己，成功讓一人活多了十六年。最終這活下來的男人，今日就帶來了一千大軍增援。

但這是不會實現的祈禱。只餘下數個時辰，而人類是被時間束縛的動物，她不可能立即獲得更多力量。

除非有奇蹟。

少在這裡作夢，趕快去睡，作個純正的美夢吧——夏嬅歎了口氣，拾起武器站起身。

「妳，想要力量嗎？」

陌生的聲音驟然響起。說話者位置不明，簡直就像「黑暗」在對她說話。

「誰！？」

夏嬅警戒地握緊武器，站好馬步，手往刀柄摸去。

「快現身！鬼鬼祟祟絕非君子所為！」

她試圖以下馬威掩飾內心的戰慄。

儘管心煩意亂，但她的知覺從未鬆懈，對周遭環境相當敏感。但居然有人成功在她未有察覺的情況下進入練兵場。這連加百烈都做不到，此人的潛行術想必極其高超。

對方的嗓音不屬於城寨任何一人，可是以鄭傲來講太尖，以趙菁來講又太低沉。究竟是誰？

瘦小的人影在女戰士眼前冒了出來。

夏嬅十分意外。原以為對方是已有一定年紀的女子，沒想到是充滿稚氣的長髮

101

少年。然而，少年的眼眸予人一種飽經歲月的滄桑感，彷彿靈魂比肉體年長許多。

「你是什麼人？」

「城寨的女兒，妳想要力量嗎？」少年對夏嬅的話置若罔聞，重複發問，「妳想要守護一切的力量嗎？」

神秘少年似乎並無惡意，更一語道破她當前的渴望。縱使夏嬅對其來意茫無頭緒，少年的話語卻似乎蘊含著某種力量，驅使她開口回答：

「……想，我想變強、想擁有更大的力量！」

「很好。那妳拿去吧。」

少年有些吃力地雙手捧起腳邊的長型物件，遞給女戰士。

夏嬅滿臉疑惑地接下，卻很快因得悉手中為何物而倒抽一口氣。

「這……！」

那是一把巨大的劍。任何愛劍武人都絕不會認錯它。

「厄災剋星……天劍無盡！」

她連忙拉劍出鞘。果不出然，溫暖的淡藍光芒照亮練兵場和兩人的臉孔，證明它是貨真價實的傳說寶劍。雖不及夜明珠，但它也同樣為從天而臨、足以抵得上千軍萬馬的絕世神器。

「有了它，妳就可以消滅永生族，甚至永帝。」

少年嘴角勾起淡淡的微笑。

「祝妳武運昌隆。」

很快，他就隱沒在夜色中。

夏嬅呆然凝視著少年原本的位置，不禁懷疑到剛才為止都是一場幻覺。

然而，手上那把劍實實在在的重量，說明這一切都是真實的。

「莫非是攻殿者阿金顯靈？」

她望向練兵場角落那個供奉阿金的神龕，上面那個比少年更矮小的阿金像面無表情地回望她。

夏嬅搖搖頭，將此瘋狂想法拋諸腦後，抱著劍起步返回宿舍，很快就進入夢鄉。

103

時辰已到。

第一束光尚未從天際冒出，城寨居民已經全體起床。攻殿者們火速收拾好行裝，魚貫地來到練兵場集合，整齊地排成數十列，等待出征前的誓師大會。

這裡不只城寨軍，他們身後還有昨天新加入的紫色軍團。與充滿個性的城寨軍不同，梅花會社的戰鬥人員裝甲和武裝制式非常統一，更全體用同款頭盔蒙住面目，彷彿有一千個鄭傲的複製人同時站立。

一千五百名戰士加上旁邊的圍觀者，幾乎將練兵場塞得水洩不通。攻殿規模史無前例，加百烈未曾想像過如此聲勢浩大的光景居然在九龍城寨出現。

城寨軍首領沐浴在眾人目光下默默地步上司令台。雖然以人數來講反而是梅花會社佔多，但是鄭傲說自己為人太勢利，完全講不出激勵人心的真誠話語，即使講了也不會有人相信，所以將發言機會交給加百烈。

「各位。」

104

加百烈緩緩地開口。在這之前，嚴守紀律的攻殿大軍已經默不作聲。他的聲音輕易傳至練兵場的盡頭，甚至在牆壁不斷反彈造成迴音。

「從前誓師大會都有如送殯大會，出席的人總是一去不返。台上的發言也是在講遺言。十六年前，我深愛的女人正是站在我目前的位置，發表她人生最後一段講話。她當時的一言一語，我至今仍清楚記得。」

他低頭瞄了站在最前列的朵拉一眼。

「過去十多年，短命區開始出現一種講法：攻殿者都是愚蠢的。執意挑戰不滅的超級強權只會白白喪命。短命種與其支援這些傻子垂死掙扎，倒不如好好享受餘下的日子。

有些人可能嗤之以鼻，覺得這只是懦弱之士鼓吹的投降主義。但我得承認，它確是誘人。既然我們已經與永生族不同，壽命是有限的，那為何還要將它縮得更短，製造更多生死離別？

這裡所有人，都曾因為短命區悠久的攻殿傳統而痛失親人、愛人、知己、恩師，一些生命中無比重要的人。而他們的犧牲，卻從未換來勝果。況且，攻殿者的行為持續在挑釁永帝，隨時危及短命區這得來不易的生活空間，把所有人捲進來。這，值得嗎？」

加百烈頓了頓。

「但是，人，絕非只要沒死就叫做活著！看看那些圍著浮華殿翩翩起舞，時刻等待餵食永生能源的畜牲。他們表面上似乎超越了死亡，卻早已淪為行屍走肉，只懂向一名女子搖尾乞憐。他們的光陰用之不盡，因而毫無價值，天天在浪費。『生命』不應只是『不死』，『生命』蘊含更多更精彩的意義，是主動的，不是被動的。假如我們只滿足於慈禧施捨的『不死』，跟那些畜牲又有何差別？」

加百烈高舉步槍，它是昨天新入手的山寨能源兵器。

「今天，我們終於有了希望。一千五百！這是人類歷史上最龐大的攻殿人數。不單如此，我們更獲得可以射殺永生族的武器。我們攻殿者，終於可以在戰場上跟那些老不死平起平坐了！

所以，我現在講的將不會是遺言，而是新時代來臨的宣言。

我們不需要那個偷窺狂獨裁者僅憑她狹窄的視野擅自決定我們如何去生活。

我們不需要她的什麼鬼祝福，更不需要毫無用處的永生不死。我們要活出只屬於自己的人生。我們要奪回——生而為人應有的自由！

那女皇帝手持違反常理的夜明珠，建立起個人崇拜、壓迫人民的集權體制，將一切自由和尊嚴都視為混沌無序加以剷除。她不但扭曲了人性，更為了私利死都不肯放棄夜明珠，危害整個宇宙，將敢言的良臣趕盡殺絕。

我們要把夜明珠歸還大地，終結掉永生國度。

所以，城寨子民、會社盟友，我們不但背負抵抗永生暴政、奪取自由的使命，還有全人類的存亡。這是一場關乎未來的戰爭，而我們非贏不可——！大道之行，天下為公！寧鳴而死，不默而生！」

「大道之行，天下為公——！寧鳴而死，不默而生——！」

千人大軍的齊聲吶喊搖撼了大地，貫穿了牆壁，城寨每家每戶、甚至外面的路人都能聽見。

107

「大道之行，天下為公——！寧鳴而死，不默而生——！」

加百烈、夏嬅、朵拉、管家，甚至梅花會社的每一員，都高舉手中的武器，以撕破聲帶的氣勢高呼。

「大道之行，天下為公——！寧鳴而死，不默而生——！」

唯獨鎧甲蒙面男子雙手抱胸站在一角，彷若隔世地睥睨戰意高昂的攻殿者。

「大道之行，天下為公——！寧鳴而死，不默而生——！」

攻殿，揭開了序幕。

單復之術

一般人會認為，除了強行闖入，短命種沒有任何跨越圍牆進入永生區的方法。這不符合事實。

有一種身份，雖然是短命種，每天早晨卻能暢行無阻的從短命區駕駛懸浮車飛越圍牆，期間完全不用擔心遭受砲擊。

清潔工人。

自詡高貴的永生族不會願意從事低賤的厭惡性工作，可是七年前的血洗科技宮令朝廷喪失大量資深的科學士和研究文獻，導致清潔機器人及其護理系統的開發遭遇瓶頸，暫時無法接替人力。於是，新安縣香港在永帝許可下出現了特例：每日寅時，香港市政府有三百輛懸浮車載著清潔工短命種出發，將他們送抵永生區的指定地點工作，再在戌時將他們送返短命區。

它正是攻殿聯合部隊利用的潛入漏洞。由加百烈提出點子，再運用梅花會社的人力物力，聯合部隊成功收買所有清潔工讓出他們的證件，更徹夜將三百輛以山寨能源驅動的懸浮車改造成清潔工車輛的外表。

原來只要用螢光燈偽裝成能源傳導管，即使是使用山寨能源，車殼上的發光迴路也可以發出藍光，讓人誤以為它使用合法的永生能源。而因為使用合法能源的機器都在永帝的監視底下，永生族基本上懶得進行車內檢查。他們對永帝的忠心耿耿反倒成了致命的弱點。

第一輛山寨能源車正是由梅花會社建造，它的紅色發光迴路一直給人這是山寨能源機器的標誌、不可能偽裝的錯覺。加百烈不禁懷疑連這也是在鄭傲的計算之內。

再過一段時間，永帝也許會察覺到真正的清潔工車輛未有按時出發，但為時已晚，攻殿行動早就展開了。

在懸浮車越過圍牆期間，加百烈伸長脖子俯視底下的街景。因為建築技術發達、能源更是取之不盡，永生區的屋宇普遍都很高。雖然已不使用木材，但為求美觀和展示社會階級，樓宇仍然保留了清代建築一貫的屋頂。從永生區最外緣的卷棚頂群，到最接近永生之泉的歇山頂群，合共分為十一級。

加百烈從未親身造訪永生區，但曾使用由敏惠研發的虛擬街景裝置，為了熟習攻殿地形而在裡面逛過無數次。雖然敏惠只有舊的街景數據可載入，卻仍與當下相差無幾。永生區已不再發展，是時間停滯之地。永生族不但失去活著的熱情，更畏懼開罪永帝，早就失去創新和犯錯的勇氣了。

『報告，部隊丁已抵達指定位置，完畢。』

『報告，部隊乙也是，完畢。』

戴在耳朵的通訊裝置陸續傳來其他隊伍的報告。這耳機是梅花會社提供的新型小玩意，使用的自然是山寨能源。即使距離很遠訊號仍然良好，訊息更有加密，內容不怕被人攔截。

千五人已經有一半成功進入永生區，在指定位置待命，進展順利。

「收到。部隊甲距離指定位置還有一零零，完畢。」加百烈說道。

「快看！」擔當司機的城寨士兵指向上方。

115

其實不需要他提出，任何人都能從彌漫在空氣中的低沉聲響和一下子抹走了所有陽光的龐大影子，清楚知道他們的攻擊目標正在上空略過。

「浮華殿……」

「皇上駕到……！」

同車一名城寨士兵抬頭仰視，肅穆低喃。

浮華殿的正面看起來扁平，與其說是一座要塞，倒不如說是一面巨大的金色牆壁或是一扇大門。儘管周遭有更高的建築物，但在它面前一切都顯得細小。其壓倒性的存在感令懸浮車內所有人都不禁屏住氣息。

時間剛剛好，它仍未降落，正筆直地朝前方的永生之泉航行，底下已經伸出了底部呈八角形的「殿腳」，準備與形狀相同的「泉口」頂部進行對接。

『報告，部隊丙已抵達指定位置，完畢。』夏嬅說道。

「首領，我們也快到了。」司機指向前方說。

地面各隊伍已準備就緒，只剩下二個最關鍵的單位仍未到位。

「孤狼一、孤狼二聽到嗎？請報告情況，完畢。」加百烈問道。

116

『孤狼一、孤狼二聽到嗎？請報告情況，完畢。』

當加百烈開聲呼叫鄭傲與趙菁兩人時，他們正跟刺滿全身的無數對流搏鬥，以大字型的姿勢從高空衝向大地。

「報告，這邊是孤狼一，距離與目標接觸還有三零，完畢。」鄭傲氣定神閒地說。

『報告，這邊是孤狼二，還有四零，完畢。』趙菁的聲音從耳機傳來。

早在半刻前，他們就已經看不到彼此的身影。

在浮華殿駛近永生之泉的時候，上空有大量八旗軍的騎兵戒備，將任何接近的可疑物體擊落。

只有一個對象可以光明正大接近，那就是浮華殿本身。當它要跟泉口對接的時候，泉口才會完全打開，有短短一剎那可以從那裡潛入內部。

這裡就輪到鄭傲和趙菁出場了。

他們使用由美利堅攻殿者研發、一種稱為「高空低開」（HALO）的空降方法，乘坐飛艇至三千丈的高空跳出去，以自由落體的方式急降至低空才啟動懸浮背包減速、滑向半途中的浮華殿並於殿腳位置登陸，趁著泉口打開的瞬間鑽進去。

鄭傲的鎧甲以能夠在真空活動的前提下設計，可以提供氧氣，因此他只要原裝上陣已經可以進行空降。不單如此，它設有連紅外線都能遮蔽的光學迷彩，從登陸至潛入都可以神不知鬼不覺。

趙菁同樣換上高空低開專用的紫色潛入衣、戴上了氧氣罩，更已經啟動光學迷彩。雖然看不到彼此，但她的保護衣和鄭傲的鎧甲都會持續發射微弱的特殊電磁波，讓他們眼前的智能鏡片能顯示出對方的位置，確保兩人不會在空降期間意外撞在一起。

無論高空低開還是光學迷彩，都是近三個月才出現的尖端技術，八旗軍絕不會料到攻殿者居然有如此大的能耐。

浮華殿近在眼前了。

兩名隱形人握緊懸浮背包的操縱桿，小心翼翼地調整滑翔速度和方向，劃出弧形軌道鑽至浮華殿底部。期間他們與空中騎兵擦身而過，騎在機械馬匹上面的清兵對他們完全視而不見。

最終，他們精準落在殿腳的斜面上。兩人馬上啟動腳底和手掌的吸附器，好好抓穩，免得被撲面而來的氣流吹走。

「報告，孤狼一已抵達指定位置，準備潛入，完畢。」

『報告，孤狼二也是，完畢。』

鄭傲和趙菁拼命睜開眼緊盯底下因距離拉近而越來越大的泉口。機會只有一次，一旦錯過，攻殿即時失敗。

泉口上兩個白色板塊緩緩地張開了一道裂縫，露出裡面的黑色洞口。

梅花會社社長和首席殺手幾乎在同一時間一躍而下。

119

永生之泉是一座仿照八卦圖建造的八角形高塔，每面外牆均設置一道黑色的升降式城門。在浮華殿注入能源離開之後，城門會全部打開，讓永生民眾從四面八方湧入塔內獲取祝福。

八道城門都有五丈高，既巨大又厚重，無法僅憑血肉之軀強行打開，必須進入八個獨立的控制室將它們逐一升高。

五十六年前，協助攻殿者的內奸科學士載穎曾經嘗試用這方法讓外面的美利堅攻殿者進入永生之泉。可是當她按下開門鈕，永帝慈禧很快就奪走城門系統的控制權，將城門重新關上。

載穎的失敗經驗已成為各地攻殿者必定參考的重要案例。攻殿者如要偷偷打開城門闖入，就只能趁著慈禧尚未反應過來的短短數十秒而已。而且事後永帝必定會騎劫所有城門的系統，機會只有一次。

換言之，開門要揀選最適當的時機，進內過程更要暢通無阻。

120

香港攻殿者分成甲乙丙丁四隊，先派遣兩隊人馬引開外面的守門官兵，另外兩批人則從無人看守的兩道門闖入塔中。幸好這次人力充裕，其中一隊更由加百烈親自率領，八旗軍不會輕易看出第一波攻勢只是餌誘。

聲北和南而擊東和西。當方向相反的東華門和西華門同時打開，被引至南面與北面的清兵不但忙於交戰，更不知道自己應該跑去守住哪道城門才好。

堅固的八道城門亦是八旗軍駐重兵之處，向來是攻殿者最難突破的一環，至今未有人成功過。但反過來說，只要有其中一隊成功闖入，事情就好辦了。

加百烈、朵拉、夏嬅、管家等人分散在永生之泉附近不同位置，但眾人一致地抬起頭，全神貫注地將視線投向同一個高點，等待即將出現的開戰訊號。

浮華殿已停駐在永生之泉頂部。很快，能源會從空中宮殿傾瀉而出。這個時候夜明珠的能量正發放到最大，也是永帝專注釋放數千萬人未來十六年份量的祝福、無法分心的時刻。

慢慢地，宮殿外圍浮現一層藍色的光膜。光膜不斷膨脹，最終分裂出數條半液態半氣態狀的發光河流，流向下方的泉口。

121

「來了！」加百烈喊道。

負責第一波的攻殿者們紛紛躍出車外，排成斜線陣散開。他們迅速檢查彈藥與刀劍的電量，打開強化裝甲開關，解除槍械保險，以極短時間進入作戰狀態。

「攻殿戰，開始！」

加百烈一聲號令，攻殿者展開了無所未有的大反撲。

才隔沒多久，陸輝又歎了一口氣。旁邊的葉鴻偉不耐地說：

「喂，輝兄你搞什麼？你守在這裡多久，就歎氣多久，害我都心緒不靈了。」

「不靈你個頭。又不是你的兒子失蹤。」

陸輝沒好氣地回嘴。

「你兒好像已經離家出走兩年了？」

「是呀。昨晚內人又重提那不肖子，結果吵了大架。」

其實也難怪，畢竟是妻子麗端申請了二十年才等到的男孩子。沒想到陸青峰自小就跟父母關係極為惡劣，到了十四歲那年甚至當著他們的面將辮子解下來，衝出家門，自此一去不返。痛失兒子的麗端哭了三日三夜，更陷入長達一年的抑鬱狀態，至今仍未復元。

昨晚，鎮國將軍梓才忽然命令他們駐守永生之泉的南華門。陸輝實在求之不得，如此他便暫時不用回家，從而給兩夫婦一段各自獨處、冷靜下來的時間。

這隊步甲沒有正身旗人，而是由旗下家奴組成，是單兵實力較低的單位，日常工作是運輸和文書等低級雜務，只有講求人數和補給線非常長的大型陸戰才需要出動。但自從永帝一統天下，大型戰役已不復存在。最大規模的武裝衝突則只有每二十年（現在是十六年）一次、在永生之泉外面與不自量力的攻殿者交戰而已。雙方人數很少過千，連區域戰爭都算不上。

只有一條性命的攻殿者實在太弱了，香港攻殿者更從來是當中人數最少、裝備最落後的。近年朝廷已一再削減守殿旗人的資源，這回終於換上更多旗下家奴上陣。話雖如此，陸輝也不覺得會遇上什麼危險。

123

「輝兄，不如打個賭轉換心情吧。」葉鴻偉忽然說，「你覺得我們今次會遇上多少個攻殿者？」

「應該會比十六年前更少？他們當年輸得太慘了，我們還掃蕩過短命區一回，今次還膽敢參戰的人恐怕不多。那時是多少人來著？」

「我也不記得了，好像是一兩百人左右。」

「那我賭今次五十。」

「我賭二十。」

「二十未免太少吧？」陸輝訝異道。

「我原本想賭只有十人的，二十人已經 給多了。」葉鴻偉吃吃笑道，「那就數字最接近真實結果的人就贏，輸的人請吃肉包？」

「一言為定。」

就在這個時候，眼前的葉鴻偉毫無預兆地 倒下。

「鴻偉兄……？」

陸輝視線往下挪移，只見好友的額頭被打穿了一個大洞，血液從後腦的洞口流出，在地上蔓延。

「攻殿者來了！」

旁邊的清兵大喊，舉起武器迎擊。陸輝也將目光投向正前方。

大量紅色光束像蜂群一般密集地發射過來，任何接觸到它們的人和物都被貫穿，是威力強大的能量彈。

慢慢地，眼前冒出無數正漸漸迫近的人影。數量之多，完全超出陸輝的視界範圍。

他賭贏了，只是實際數字遠超兩人想像。

敵人怎麼看都有三四百。

「喂，鴻偉兄快起來！要開打啦！」

他蹲下來抓住同伴的胳膊，怎料對方紋風不動。

「鴻偉兄……？」

他低下頭來，只見葉鴻偉頭上的洞口完全沒有開始癒合的跡象。他目光呆滯，

125

其時間彷彿停頓在剛剛正與他打賭的剎那。

這是一具屍體。

「鴻偉兄！鴻偉兄！為什麼？為什麼沒有復活！？」

「阿海！快張眼啊！」

「清隆！清隆——！」

「魚兒！快醒醒！」

旁邊的清兵紛紛想扶起中槍倒地的戰友，不斷喊著他們的名字。

但倒地者全無反應。

早已被永生族遺忘的東西——死亡，忽然重新降臨他們身上。

「不可能的！絕不可能！明明我們是受到祝福的……！為什麼……！」

陸輝全身上下都在顫抖，更感到呼吸困難。

「皇上！救命呀——！」

恐懼支配了其精神，無數勇士淪為只懂得求救的哭人兒，所向披靡的八旗軍陷入一片兵荒馬亂。

正當陸輝在永生之泉南面向女皇帝高呼求援，北方的旗人同樣陷入連場激戰。

雙方先以遠程兵器駁火。但人數較少且膽小怕死的清兵完全無法阻止攻殿部隊快速推進，雙方很快進入短兵相接的距離。最前排的士兵拔出刀劍互相揮砍，現場血肉橫飛。

加百烈揮舞雷射劍，一擊斬殺迎面而來的三名旗人，再從腰間拔出手槍射穿一名轉身逃跑的旗人的後腦杓。

這根本稱不上是戰鬥，只是掃蕩，輕鬆得教人難以置信。

鄭傲的計策湊效了。比起死亡，對死亡的恐懼才是最大的武器。它徹底摧毀了八旗軍的軍紀，指揮和通訊陷入癱瘓，士兵更猶如棄嬰一般孤立無援地被丟在戰場上。而在城門一直關著、前方又被完全包圍的狀態底下，他們根本無處可逃，只有等著被宰殺的份。

127

再這樣下去，全滅是指日可待。

「當心騎兵！」

抬頭一望，只見上空有數匹純白的機械坐騎在疾馳，不斷向地面開炮同時急速飛近。

後方的攻殿狙擊兵立即高舉連發步槍，向天空灑出紅色的掩護彈幕，將空中騎兵一一擊落。其中一名騎兵以靈活的扭動成功避開所有槍彈，拔出長槍，朝敵方首領——加百烈直衝過去。

「擒賊先擒王？勇氣可嘉！」

加百烈全身下沉，雷射劍收在腰間，全神貫注地集中在騎兵身上。旁邊的攻殿者反應很快，自動自覺為首領消滅周遭企圖乘虛而入的步兵。

在即將撞向地面的瞬間，騎兵丟出長槍，刺向金髮男子的胸膛。

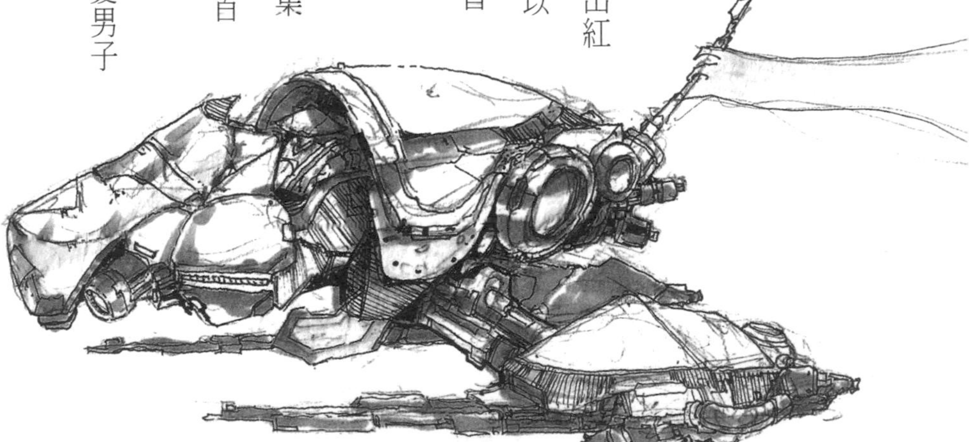

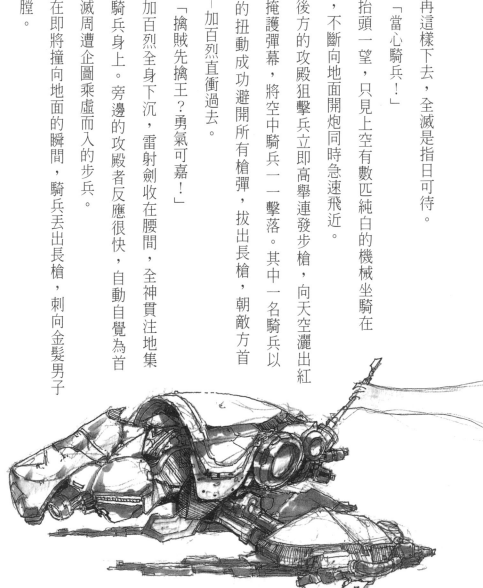

加百烈雙腳用力一蹬，強化衣立即回應其意志，增強了彈跳力。加百烈飛躍到空中，避開了長槍。雷射劍同時往側面揮出，砍中騎士的腰際，他的上下半身從此分離。

如此一來，這批空中援兵已全數消滅。加百烈更在著地期間順便刺穿了地上一名清兵的頭顱。

『天眼一報告，八旗的地面步隊已完整分散在南北兩方。東西兩城門空無一人，完畢。』

『收到，部隊丙在待命，完畢。』主攻西面的夏嬅回答。

『收到，部隊丁在待命，完畢。』主攻東面的管家也應道。

佈局已接近完成，隨時可開展闖入城門的行動。現在就要看負責開門的兩名潛入者狀況如何了。

「孤狼一、孤狼二，請報告情況，完畢。」

『報告，孤狼一已在西華門控制室，完畢。』

『報告，孤狼二已在東華門控制室，完畢。』

129

鄭傲和趙菁的回覆都是用同一把無機質的聲音。這是因為他們處於不能開口講話的情況，必須以打字發送訊息，再交由機器宣讀出來。

「收到。丙部隊、丁部隊、孤狼一、孤狼二，開始行動倒數一二零，完畢。」

『部隊丙收到，完畢。』

『部隊丁收到，完畢。』

『孤狼一收到，完畢。』

『孤狼二收到，完畢。』

闖入城門的路程大約三十秒。再加上倒數時間，南北兩邊負責引開清兵的攻殿者只要再撐多一羅豫（兩分二十四秒）左右就行了。

目前戰況頗為樂觀，似乎沒問題。

「啊啊啊啊啊啊啊啊啊啊啊啊啊啊————————————！」

城門正下方傳來震耳欲聾的咆哮，幾乎震破所有人的耳膜，就連大地都微微搖晃。

無論八旗軍還是攻殿者都嚇得忘掉繼續互相廝殺，一致地轉向城門方向。

高大魁梧的身影站在那裡，猩紅的披風在翻飛。

「一個二個都是沒用的廢物——！汝等忠君之情難道只有此等程度——！？」

無論是那龐大身姿，抑或這把粗獷嗓子，都絕不會有人認錯。

他是正自從改元宣統以來，最古老的死神。

「鎮國將軍梓才……你終於來了……！」

加百烈咬著牙呢喃，持劍的手掌用力捏緊，雙目怒視著遠方的殺妻仇人。

「大清的勇者，不要忘記是誰給汝等生命、是誰給汝等地方住、是誰供汝等妻兒安居樂業！汝等性命屬永帝所有！永帝會馬上停止所有膽小鼠輩及其親人的生命，誰也別想當逃兵！至於戰死沙場者，則重重有賞！」

梓才是替慈禧打天下的百年老將，在軍中更是永帝的代言人，大家都知道他講的話一定算數。

「吾會身先士卒，與汝等並肩作戰，一舉殲滅這些殺死汝等伙伴的反賊——！」

131

說罷，梓才便拔出他的巨大黃色光刀，指向前方。

「殺呀——————！」

他躍下台階，一馬當先地舉刀進攻。旗人見狀隨即高呼和應，跟在他後面衝刺，形成一股來勢洶洶的洪水襲向攻殿者。

他們眼裡已經沒有當初的恐懼。

鎮國將軍一登場就成功重振清兵士氣，引領他們奮起反攻，真不愧是名震天下的大將。

梓才在戰場上如入無人之境，任何攻殿者只要走近他數步就立即人頭落地。紅色的山寨能源槍彈亦無法穿透其厚重盔甲。很快，他儼然成為每位攻殿者都深深畏懼、一見到就想要退避三舍的厄災了。

這巨人就像一台戰車，已無人能阻擋他的腳步。漸漸地，從攻殿者喉嚨發出的慘叫哀嚎已比清兵還多。

「這不妙……！」

形勢逆轉了。

梓才從出場到現在，已經殺害了接近三十人。攻殿者一瞥見梓才便立即喪失戰意逃跑，梓才甚至開始了主動搜敵，以跟其龐大身型毫不相稱的靈活步伐穿來插去。

再這樣下去，北方戰線會無法撐住一羅豫。假如梓才出現東或西其中一方攔截闖城門者就糟了，西面更加是朵拉的所在地。

一定要有人牽制住他。

正如清兵有梓才，攻殿者的領導者亦在這裡。

領袖是指引眾人的指標，因此必須是人中之龍，是最好戰、最勇猛，也是最強的武者。

加百烈雙手握住劍柄，朝向那仍在左顧右盼的蒙面將軍步步進迫，沿途順便取了三名清兵的首級。

梓才很快就發現前方無畏無懼的一枝獨秀，停下了腳步讓對方走近自己。

133

「汝是想早日赴死，還是愚蠢得以為汝打得過吾？」

他饒有趣味地問。

「都不是，死的人將會是你。」

加百烈直勾勾看著仇敵。

他等了漫長的十六年，終於迎來機會。

已經跟什麼計策、什麼戰略無關，加百烈只想將眼前的男人置於死地。

「我們就在此刻一舉清算所有你殺過的人的罪孽，血債血償吧。梓才，納命來——！」他的雙眼就跟其劍鋒一樣凌厲。

「有趣有趣。」

兩人均無視四周的戰火交加，眼中只有彼此。

「年輕人，汝名為何？」

永生不死的百歲老人詢問四十歲的中年男人。

「你不用知道。因為你原本最需要記住的人，是個無名之士——！」

134

交錯的光刀與雷射劍爆出耀眼的火花。兩刃一分離便旋即展開下一次攻防。

事隔十六年，兩軍之首再度於此地展開生死惡鬥。

「倒數五零。時辰已到！各位，衝啊！」

包括朵拉在內，三百七十四名潛伏在西面的攻殿者聽從夏嬅命令，拔腿狂奔，七百多條腿掀起沙塵滾滾。

除夏嬅背著巨劍以外，攻殿者的裝備都相當輕便，強化衣也是主要增強機動性的特化型，因此腳程非常快，與西華門的距離轉眼間已經縮減了四分一。

「果真無人！爹的計策湊效了呢！」

朵拉一面跑一面興奮地指向前方。如她所說，因為攻殿者的攻勢遠超想像，怕死的前線清兵又不斷要求增援，永生之泉外面的弓兵步兵已全數投入南北兩面的戰線。

135

「倒數三零！」

離抵達城門只剩半途，漆黑色的門身近在眼前。

『天眼二報告，有空中騎兵正飛往西華門攔截，完畢。』

「當心騎兵！」

夏嬅喊道，士兵們舉槍戒備。

不消一會，一隊白馬形狀的猛禽出現了。攻殿者們見狀馬上向天開槍。

「可惡！射程不夠！」一名城寨士兵抱怨道。

為了方便行動，他們沒有配備遠程狙擊步槍，加上快步推進期間很難瞄準，一個騎兵都沒擊落。

翺翔天際的大清騎兵高舉長槍向下衝刺，勢要襲向地面的獵物。對於從上而下的攻擊，忙於疾馳的攻殿者無法做出靈活的迴避動作，必定會有人被殺。

忽然，一道藍色的光柱像噴泉一般從地表射出，往天空劃出扇形。被光柱掃中的四名騎兵連人帶馬裂成兩半，失去動力並往下掉落。

生還的騎兵連忙拉住坐騎停在半空，驚愕地看著光柱縮短至完全消失的位置。但他們已經沒時間去驚訝，下一道光柱馬上襲來。他們趕緊做出避迴動作，但又有兩名騎兵反應不及，被切割成碎片，落下的殘骸斷面就像被高溫燒過一般正在發紅。

「小嬅好厲害！劍是哪來的？」

朵拉容光煥發地打量著夏嬅手上的巨劍。

「有位神秘貴人贈予的。」

眼見攻殿者的槍彈打不中騎兵，夏嬅便試試無盡天劍的伸長威力，果然沒有令她失望。加上夏嬅過人的眼界，兩劍就斬殺了多名空中騎兵。

「倒數一零！」

衝刺進入尾聲。

「倒數三！二！一！零！」

前方傳出沉重的隆隆聲響。

137

高聳入雲的黑色板塊，正緩慢地向上升起，底下的縫隙越來越大，很快就大得可以讓人通過。

「哇！打開了！打開了！」朵拉像小孩子一樣尖叫。

對屢戰屢敗的攻殿者來說，這簡直是夢幻的風景。

「報告，西華門已打開。重複，西華門已打開，部隊丙即將進內，完畢。」

夏嬅以帶有些許顫抖的聲音講道，連她都難掩心中的激動。

「跑快點！別拖拖拉拉！」

儘管大家已經將雙腿使喚到極限，夏嬅還是忍不住開口催促。如今正處於關鍵時刻，絕不可功虧一簣。

結果，三百七十五人即使已經全數進入永生之泉，他們仍多跑好幾丈才放心停下。眾人不禁到處張望，環視四周的陌生環境。

背後傳來低沉滑動聲，最後砰一聲巨響，說明黑門已完全關上。

「我……我們進來了。進來了！」

138

喘息不已的朵拉吐出話來。

「進來了！真的進來了！」

好幾名攻殿者都像朵拉那樣發出歡呼。其他人即使默不作聲，嘴角也不禁上揚。

成功了。

他們已抵達從未有短命種踏足過的領域。

高塔內部近乎中空，與外面的黑與棕不同，內壁是純白色，使得泉內有如與世隔絕的仙境。牆身雕刻著樹木根、幹、枝、葉狀的紋路，一路延伸至塔頂，象徵生生不息。這些裝飾顯然是弄給永生族看的，帶有強烈的政治意味。

正中心就是直徑七丈的圓柱體「泉根」。它是永生之泉的核心，是能源的儲存裝置，永生族透過觸摸它即可獲得祝福。

雖然已創造歷史，但還不是能鬆懈的時候。

「各位！」夏嬅喚回所有人的注意，「現在才是真正的開始。我們要奪走永帝

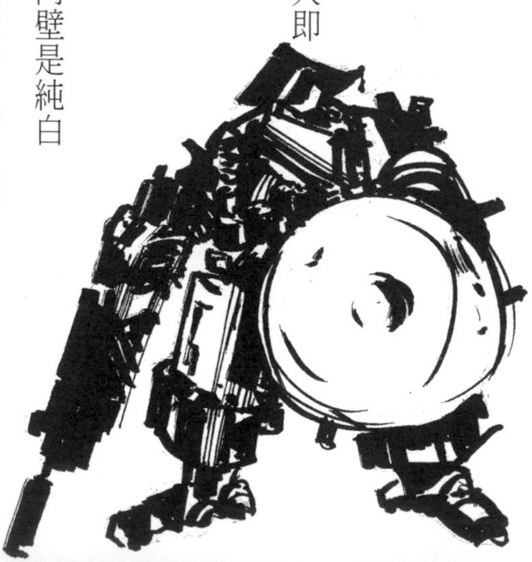

的夜明珠！當永帝察覺形勢不對，她很可能會駛走浮華殿，所以目前仍然分秒必爭！分隊一負責在泉中設置炸彈，分隊二則開始攻上浮華——」

她還沒說完，就感到臉頰傳來一陣溫熱。

一淌鮮血飛濺到她臉上。旁邊幾名攻殿者的喉嚨被利刃剖開，無力地倒下。

「有敵人！」

眾人隨即高度戒備，舉起手中的武器。但就在他們預備迎擊的時候，又有幾個人倒下，期間沒有發出半點聲響。

當死了超過十人，夏嬅的眼睛終於捕捉到敵方身影。

「是妳……？」

「倒數五零。時辰已到！各位，衝啊！」

正當夏嬅主理的西部戰線展開突進同時，「白貌副官」管家率領的丁部隊亦急速衝向東華門。

140

和西面情況一樣，東面城門完全無人看守。他們甚至更幸運，連騎兵都未有出現。

「倒數三零！」

就算到半途依舊未見半個敵影。

過程簡直順利得難以置信，反倒教人不安。

管家很清楚自己向來多愁善感。每次要出征，任何小細節都讓他操心不已，更常常會擔憂太多。

但這反而是他勝任加百烈左右手的原因。「先天下之憂而憂，後天下之樂而樂」是他畢生奉為圭臬的信條，近乎強迫症的性格讓他能很快將各種事情辦妥，裝備、物資、人員編制、相關資料等事前準備更是無微不至，從不會有錯漏。原為無名氏的他因審慎可靠而被城寨的同伴冠以「管家」之名。

我真的沒有看漏什麼嗎？——現在他又再次陷入無止境的焦慮。

倘若換是自己當領袖，儘管明白城寨軍沒有多少選擇，但管家實在無法像加百烈他們那樣放心跟鄭儆結盟，他總覺得這男人會遲早往自己背後刺一刀。

可是木已成舟，他只能以此為前提做好準備。管家不是領袖，無論心中有多少異議他最終也必定聽從加百烈的命令。何況他平常總是被其他人揶揄為人過於謹慎，導致他有時會再想深一層，擔心自己會不會太杞人憂天，反倒錯失了良機。

「倒數一零！」

現實已經沒有讓管家分心的餘暇，離東華門僅有數步之遙。

「倒數三！二！一！零！」

城門紋風不動。

管家急忙舉手煞停進軍，免得整隊人撞上去釀成人壓人的悲劇。

「報告，東華門未有打開。重複，東華門未有打開，部隊丁無法進內。要求孤狼二說明情況，完畢。」

對此，原定負責打開東華門的趙菁沒有回音。

「有人聽到嗎?部隊甲、部隊乙、部隊丙、天眼一、天眼二、孤狼一、孤狼二，請回覆，完畢。」

過了一會，依舊沒人回答。果真如管家所料，是通訊器材出了毛病。

他將安裝在白色頭盔上的通訊耳機取下來察看，上面的紅色光芒已消失無蹤。可是管家清楚記得出發前有確認過耳機的能源量，始終通訊是作戰的重中之重，絕不能出亂子。

他從口袋裡取出後備耳機，同樣無法開啟。

所有耳機居然同時失靈，說是偶然機率也太低了。

一個槍口冷不防地抵住他的太陽穴。

「我就知道天上不會掉餡餅。」管家一動也不動，語氣相當平靜，「你們果然早有預謀。」

白貌副官正被紫色的士兵重重包圍，這些人直到剛剛為止都仍然聽從他的指揮。

「城寨部落的勇者，」其中一人開口，「只要乖乖就擒，我們保證不會傷害你。」

管家聞言不禁冷笑：

「不會傷害我？你們不是要將我賣給永帝嗎？那我死期已定，只是稍早或稍遲的差別罷了。」

143

難怪此處不見大清的一兵一卒。除了管家一人，這裡根本就沒有永生國度的敵人，其餘三百七十四人全是友軍。

「身為短命種居然甘願當慈禧的走狗，莫名其妙。你們以為這樣就能獲得不死嗎？也罷，只要死在這裡，就連永帝的祝福也救不了你們——！」

梅花軍還未反應過來，其中一人就被管家扭斷脖子。

他抓住其中一人充當掩護，蹲下來拔出兩把稱為「火焰匕首」的高溫分子短刀往左右刺出，剖開了兩人的腹部，再把掩護用的人肉屏障一腳踢出去，將數人撞倒。

右肩被槍彈貫穿，背部正插著一把刀，頭盔也被敲擊出裂縫。縱是如此，白貌副官仍拒絕倒下。

他深知這是垂死掙扎，但他就是咽不下這口氣。這些出賣自己換取永生能源的衣冠禽獸，至少要多找幾個人陪葬，使他們無福消受——！

「納命來——！」

他又刺死了三人，其中一人更被他用刀勾出心臟飛到空中。

身上的傷口不斷累積，鮮血灑滿地。管家開始寸步難行，視線也模糊起來。

但他仍在揮刀。

「納命來——！」

紫色兵團被他宛如惡鬼的氣勢嚇得連連後退，再也沒人敢上前。附近都沒有對手了，但管家的雙腿已被毀得機能不全，無法主動縮短距離。他乾脆將赤紅匕首丟出去插進兩人的眼窩，烤熟了他們的大腦。

數十發紅色光彈將他打成蜂窩。寧死不屈的城寨勇士終於不支倒地，但他已殺出一條血河，十來人比他更早命喪黃泉。

「唉，人算果然不如天算……」

仰天躺臥的管家慨嘆道。眼皮很重，全身流血不止，他的生命只剩數瞬頃。

「幸好，我也非毫無準備……」

事實上，基於對梅花會社的不信任，管家在人員編制上動了手腳。

只有他的部隊全是由梅花軍組成，夏嬅的內部隊更全員為城寨軍。如此一來，就算梅花軍忽然倒轉槍頭，其他人也不會像自己一樣孤立無援。他一人扛下了

145

三百七十四名潛在叛軍，好讓戰友不至於陷入同等劣境。

死前最後一刻，多愁善感的副官終於將擔憂一掃而空，內心前所未有地平靜。

「……烈哥、小嬅、朵拉……之後就交給大家了……我深信各位必定能扭轉乾坤，旗開得勝……！」

在永生之泉北方，有一片人為的空地。

會說「人為」，是因為那裡原本站滿了兩群正在亂鬥的士兵。

但現在，他們都為了躲避兩個人的一對一決鬥而四散，退到安全距離才繼續開打，免得被兩人的意外「流刃」斬中，淪為殘缺不全的屍體。空地的位置是動態的，每當兩人的位置開始移動，旁邊的人便立即退開空出位置。

在空地正中央，加百烈和梓才的過招已經來到第六十回合。

雙方依舊毫無損傷。梓才站穩大地，只在擋下了對方的劍後才會揮刀反擊。

加百烈是進攻一方，鍥而不捨地直取梓才的首級。換言之，六十次打成平手，其實即是加百烈六十次殺敵失敗。

鎮國將軍就像要塞一般牢不可破。但裝甲沒有城牆厚，發光大刀每次也只能防禦其中一面，只要抓緊空隙即可擊破。

（更快速、更強力、更出其不意——謹記這口訣啊，阿烈小弟。）

溫柔而成熟的聲線在耳際響起。那是十六年以來他不時便在睡夢中聽到的聲音，夢境更總是伴隨著一陣淡淡的幽香。

加百烈背部突然噴射出紅色的高密度火焰，他化為一發超音速砲彈飛上天邊，劃出一道弧形重新襲向敵人，身體像龍捲風不停翻轉，借用旋轉的力度揮出強力一劍。

梓才一如往常地舉刀格擋。但就在雷射劍觸碰到刀身的前一剎那，加百烈全身突然往相反方向運轉，雷射劍繞了一個大圈，砍向梓才另一側。

「……！」

察覺到危機的梓才趕緊挪刀回防，雖成功擋下，但因沒拿穩，衝擊使他踉蹌

147

後退，站椿已被擊潰。

加百烈自然不會放過機會。強化衣的推進器再次咆吼，釋放強大的推力，加百烈連人帶劍撞上梓才的刀，迫得他整個人不斷往後滑行，最終甚至雙腳離地，整個人浮了起來。

「喝——！」

雷射劍使勁往上一推，巨人被拋到天空。失去了大地的支援，梓才無法行動自如以至改變姿勢。

「受死吧——！」

加百烈閃至梓才正前方，雙手舉劍斬下。

化為自由落體的梓才雖然幾乎動彈不得，但舉刀護頭的動作還是做得出來。然而當加百烈向前砍出的劍揮至半途，他再度發動推進器，全身急速向後翻轉，雷射劍改成從下而上劈出，勢要將敵人以下陰為起點一分為二。

生。

這一次，光刀想往下移已來不及了。

錚一聲——大劍被意想不到的物體攔住去路。

原來梓才另一隻手將一把劍連鞘一起從腰間扯了下來抵擋攻擊，成功死裡逃生。

眼前閃出一道黃光，加百烈馬上意識到是大刀來襲，啟動胸口的推進器往後急退，千鈞一髮之際避開了迎頭的致命斬擊。

加百烈和梓才雙雙返回地面，距離數丈重新對峙。兩人身上仍舊沒半點傷痕，剛才空中的糾纏就像沒發生過一樣。

然而他們很清楚，彼此都剛路過鬼門關，離死亡只有一步之遙。

一年前山寨能源一面世，加百烈便找敏惠打造這件在不同部位安裝了小型推進器的強化衣。它可以讓加百烈短暫急速飛行，更能自由改變飛行方向和姿勢，讓他突破只能佇立在地打鬥的武術常識，使出各種超乎對手想像的奇招和假動作。

可惜事與願違，攻勢都被鎮國將軍一一化解。

149

梓才重新將沒有出鞘的劍插回腰間。雖然被雷射劍切割過，但劍鞘完好無缺，可見此劍連護套也絕非尋常之物。

加百烈實在不解，既然武器有兩把，為何男人一直未將劍拔出來使用。

「吾認得這戰法。」

梓才開口道。

「十六年前，吾在此地見過類似風格。有個女人身穿一件以高壓氣體驅動的怪衣，全身都可以彈出利劍，專攻吾不備。女人好幾次成功切下吾四肢，奈何吾有不死之身，此等攻擊不足為懼。她假如願意加入八旗將必成大器，實屬可惜。」

「……原來你還記得她！」

「哦，所以汝是女人的弟子？難怪。」

「才不只是弟子……她是我畢生最重要的女人。我的武功、我的人生、我的一切，都她賜給我的。而你，殺死了她——！」

加百烈怒目而視，咬著牙吼道。

「原來如此。」

然而，梓才就像失去興趣一樣轉過身去，面向緊閉的黑色城門。

「不過年輕人，時辰已到。吾沒空陪汝去算殺死愛人的帳。」

下一刻，加百烈不禁懷疑起自己的眼睛。

就像在回應梓才的轉身動作一般，北方神武門居然開始升起，摩擦聲使大地微震。

「開門了……？」

為什麼清兵會主動開門？

難道只為了讓梓才一人逃回永生之泉？

「梓才！你要棄士兵不顧自己逃跑？堂堂八旗之首居然是個懦夫！」

梓才對加百烈的呼喝充耳不聞，頭也不回地邁步踏進室內。

「休想逃！」

隻身闖入雖屬魯莽之舉，但其他攻殿者不具備加百烈的機動力，加上難以預神武門會開啟多久。假使計劃沒有出亂子，管家和夏嬅帶領的兩個部隊應該已經在裡面了。

151

（就賭一把！）

加百烈劍尖直指前方，化身人形火箭劃破空氣，彈指間便穿過城門，更使劍刺向梓才背部。

梓才身子一轉，避開了刺擊。加百烈見狀即撲向地面翻滾減速，再轉身站立攔住敵人。

砰——神武門底下的洞口已隨著一聲巨響完全消失，結果只有兩軍之首經它進內。

「吾說過，時辰到了。」

梓才的話語中透著一股滲有惡意的滿足感。

「汝等成為甕中之鱉的時辰到了。」

「什麼？」

加百烈有不好的預感。

「汝等以為永生之泉很容易就進得了麼？當然是吾等主動開門，讓汝等自投羅網——！」

梓才伸手指向西華門的方向。

「不信就自己看看吧。」

加百烈轉動脖子望過去，臉上的不解隨即染上絕望的色彩。

「趙菁，你們背叛了我們？」

夏嬅架起無盡天劍，指向割開了她幾位同伴喉嚨的嗜血女子。

「……」

銀髮殺手沉默不語，若無其事似的把玩著手中短刀。

縱使在永生之泉內部，她仍不躲不藏，也沒開啟光學迷彩。亦即，清兵不是趙菁需要逃避的敵人。

「……這才是梅花會社的真正盤算。」夏嬅臉色相當難看，「結盟是圈套，城寨軍是奉獻給永帝的貢品……！我們根本不是和老虎並駕齊驅的小狐狸，只是一頭被假扮老虎的真正狐狸欺騙、自動自覺送入虎口的綿羊。」

153

「怎可能……！？」朵拉一副完全無法接受的表情，「要我們總動員作為結盟條件，只是為了把我們一網打盡！？」

「對。」

女殺手終於開口，冷酷地肯定了兩人的推測。

「如此一來，屹立不倒百年的城寨軍將消失得連渣都不剩。」

「這還不好說，說不定我們能逃出生天。」

夏嫜的戰意非但未有減退，反倒更旺盛。朵拉亦舉起手槍瞄準趙菁。除了兩名女子，趙菁更在獨自面對數百城寨軍的包圍。

女殺手仍毫無懼色。

「妳們還是及早放棄吧。妳們總計五百人，我們有一千人，單論人數已是壓倒性。妳們這裡有三百多人、北方有一百多人。我們在東、南、北方都分別有三百多人，再加上清兵步甲和空中騎兵，妳們是無法逃出去的。」

「就算真的打不過，也要拉你們一些人陪葬。」

趙菁聞此言，終於將冰冷的目光投向女戰士：

「陪葬……看來這是城寨軍的口頭禪呢。妳們的管家也說過同樣的話，但他很快就喪命了。」

「管家死了……？」

聽到突如其來的死訊，攻殿者全體呆立當場。

「他在東面獨自與三百多人的梅花軍周旋，戰死乃必然。」趙菁繼續說，「我相信妳們不會像他那麼愚蠢——」

趙菁還未說完，就翻身飛躍跳開，原本站立的位置被劍氣削出一道燒得發紅的裂痕。

敏銳的直覺救了女殺手一命，但危機仍未解除，她以驚人的彈跳力節節後退，拼命逃離手執藍色光劍的女戰士的猛烈進攻。

「你們敢膽殺了管家——！」

夏嬅眼眸溢滿幾近飽和的殺意，每一劍都瞄準趙菁要害。長劍刮起陣陣熾熱

的奔流撲向趙菁的臉頰，汗珠沾滿她額頭。

趙菁心知不妙。夏嬅的劍法近乎完美，而她的黑刀無法抵禦無盡天劍的高溫，一觸碰到即瞬間熔化。所以她甚至不能接下任何攻擊，只能不斷躲避。

兩人動作之快，眾人的眼睛已完全跟不上。一紫一黑的流星，拖出兩條不斷交錯的軌跡殘影。

「……我收回前言，城寨軍果然都是蠢材。」

趙菁的聲線首度注入感情，那是煩躁與焦急。

「既然贏不了，早點放棄減低痛苦才明智……為什麼妳們總是選擇最不堪的不歸路？我不懂。」

「妳是無親無故、不知尊嚴為何物、只懂聽命的殺人機器，怎會懂？」

「……我確實不懂。」

夏嬅的話刺中了趙菁的痛處。

「但我知道，這也是妳們的弱點……！」

趙菁手中出現三根黑針，明顯是投擲用的暗器。

夏嬅看不懂其用意。兩人距離太短，趙菁無法對她使用暗器。她更不懂女殺手為何要刻意亮出長針。

（莫非目標不是我！？）

正當夏嬅終於察覺到針將飛往何方，趙菁的手已往右側一甩，丟出所有暗器。

那是她妹妹方向。

「朵拉……！」

太晚了，朵拉的胸膛將被貫穿。

耀眼的藍光浸沒了朵拉的視野，更捲起一陣熱流。

雖然夏嬅的腳程無法追上黑針，但無盡天劍要伸長只在一念之間。光柱瞬間便使三根金屬針完全蒸發，成功拯救了朵拉。

「我就說這是妳們的弱點。」

157

取而代之的是一把抵在少女頸上的短刀。

原來丟暗器只是煙幕。夏嬅一將視線從趙菁身上移開，女殺手已乘機逃脫，更迅速繞到朵拉身後，將她變成人質。

「朵拉！」

夏嬅和一眾城寨士兵動彈不得。首領的女兒已落入敵人手中，稍有動靜都有可能置她於死地。

「朵拉——！」

加百烈聲嘶力竭喊出不遠處的女兒的名字。

「爹！？」

「烈哥！？」

朵拉和夏嬅都對父親出現在永生之泉感到吃驚。但很快，她們便發現父親並非孤身一人。在加百烈面前的正是雙手染滿無數攻殿者鮮血的蒙面將軍。儘管梓才只是一個人，但已經比千千萬萬個清兵還可怕。

梓才和趙菁，此兩人加起來已足夠抵消另一方擁有三百多人的優勢。

158

更何況他們挾持了無比重要的少女。

「趙菁，放開我女兒。」

加百烈拔出手槍指向趙菁。對方完全不為所動，畢竟加百烈這個距離舉槍很可能會打中朵拉，所以他根本就不會開槍，只為了虛張聲勢。

身經百戰的殺手自然不可能輕易就範。可是，縱使深知這注定徒勞，但為了救女兒，一切辦法都要試。他心裡面已只剩下朵拉，甚至已無暇顧及梓才會否從後偷襲。

現在他已不是攻殿者，也不是城寨軍首領，只是個憂心的父親。

梓才將一切看在眼內。他甚至發現，在場並不只有加百烈以同樣的眼神看著被刀挾持的少女。

「各位攻殿者——！現在將給汝等一道選擇題！」

梓才說罷，把光刀收回鞘中。此舉動令城寨軍無比驚訝。明明勝利在望，鎮國將軍為何突然收起兵刃。

「汝等希望鬥個你死我活，最終無人生還，抑或，有一個人保證必定存活？」

「鎮國將軍，有話直說，我們沒空聽你廢話。」

加百烈頭也不回地說，雙眼繼續直勾勾看著纏在一起的女兒和女殺手。

「無論如何，吾都會將汝等處決。不過，如果汝等全員棄械投降不反抗，吾會放小女孩朵拉一條生路，也保證她能安全返回短命區。全滅，還是一人生還，選吧！」

「不行！別聽他講！千萬不要答應！」

朵拉聞言隨即激動吶喊。

「大家不要管我了！我死也好，活也好，不用跟這兩個人客氣！我不想成為大家的負累！」

鏘——純白的地板被兩塊金屬敲出清澈的聲音。

那是加百烈手上的雷射劍和能量手槍。

「爹——！」朵拉睜大眼，不敢相信眼前的景象，「為什麼要這樣做！？」

「根本不用作他選！」

加百烈跪在地上。

「妳原本就不應參與攻殿。只因我被虛幻的勝利蒙蔽了雙眼，上了梅花會社的當，甚至應他們的要求總動員出擊，妳才會在這裡。我的愚蠢害死了管家、害死了所有人。不過……如果至少妳能活下來……這根本不算什麼……！」

他將雙手舉到頭上。

「鎮國將軍！你講過的話一定要算數，否則我化為怨鬼也不會放過你——！」

「大可放心。在下梓才雖痛恨攻殿者，但言出必行。」

鏘——又有一把武器遭到拋棄。

蔚藍巨劍脫離了女戰士的手，落在地上。

夏嬅跟加百烈一樣跪下，雙掌按住後腦杓。

「小嬅——！怎麼連妳也……！？」

「朵拉，妳不用自責。是我沒有好好保護妳才落到如斯田地。」

夏嬅嘴角泛起淡淡的笑容。

「我原本已經死在啟德。這十六年在城寨生活，成為大家的家人，是上天給我的額外恩賜。更多虧有妳，這段時光就如夢一般美好。謝謝妳願意當我是妳姊姊。」

161

「小嬅……」

鏘——**鏘**——**鏘**——**鏘**——**鏘**——丟棄兵器的聲響此起彼落，越來越密集，很快就響遍永生之泉。

餘下的三百七十三名攻殿者已全數拋走手中軍械，手無寸鐵地跪下。他們眼裡沒有恐懼，更沒有一絲不情願，彷彿已坦然接受死亡的命運，甚至為有一人因而得救而感到滿足。

「阿木——！羅妮——！麥可——！小紫——！陳強——！為什麼……大家都要這樣做……我這種人，究竟有什麼值得大家放棄最後的生存希望……？」

「朵拉，妳就是我們的希望啊。妳的笑容向來為我們幾近絕望的人生帶來一點點歡樂。」其中一名城寨軍說道。

「我一直以來都找不到報答妳的方法，現在就是報恩的時候了。」另一名城寨軍同樣臉帶笑容。

「我們原本就打算赴死，這只是按照原定的計劃而已。」

「朵拉，未來就交給妳了。只要有妳在，城寨軍必能東山再起——！」

「我……我並不是要為了害死你們……才去笑的……」

少女雙頰沾滿兩行淚水。

「……這不對……這完全不對……」

悔疚壓垮了少女的膝蓋，她無力地跌坐在地上抽泣。

趙菁木無表情地低頭看著朵拉。她的刀遠離了少女的頸部，因為已經沒必要繼續抵上去。從剛才開始已陸續有清兵從上面跑下來，將城寨軍置於地上的武器收走。這裡只有三百多名等候處決的死囚，以及這名留待釋放的少女。

笑容是少女的武器。但就跟所有武器一樣，它也有可能反過來傷害到自己，甚至心愛的人。朵拉備受眾人愛戴，如今這份愛卻反倒變成他們甘願受死的迴力鏢。

接下來的日子，少女將要背負著三百多條逝去的人命。究竟她會陷入不斷詛咒自己的痛苦深淵無法爬上來，還是最終能成功重振城寨軍呢？這將視乎她的心靈有多堅強。

一想像到少女無比淒慘的未來，趙菁頓時很想移開目光。

（不行，我決不能對任何人產生憐憫之情。）

她按住臉使勁壓下衝動。必須假裝毫不在乎，絕不能讓任何人發現她內心正在動搖。

特別是那個男人。

「哦？已經結束了嗎？比我想像中還快呢。」

輕佻的話語強行打斷趙菁的思緒。

「真不愧為鎮國將軍，不耗一兵一卒，僅憑一張嘴便不戰而勝，實在漂亮。」

梅花會社的主腦——鄭傲欣賞著底下三百多人跪地的壯觀畫面，慢條斯理從純白的螺旋梯級走下來。他顯然將眼前一切當成是自己引以為傲的成果。

伍

完理歸天

「別這樣看我啦，要怪就怪你們自己。」

被七百多隻眼睛怒視著的鎧甲男子聳聳肩。

城寨軍已全體投降，雙手被鎖上手鐐任人魚肉。但他們仍毫不掩飾對背叛者的恨意。唯獨這個男人，就算惹來殺身之禍也要瞪他瞪到底。

「鄭傲，你怎麼還有面目出現我們面前？」

加百烈沒好氣地說。與一般的城寨士兵不同，他似乎最怪自己，對鄭傲本人反倒沒有用上很強力的語氣。

「我是戰勝者，而你們是戰敗者，我當然有資格站在這裡。」

「放屁！」

「狗都不如！」

此話一出，他隨即遭到幾名戰俘開腔痛罵。

「鄭先——鄭傲，」

夏嬅的聲音透著無比的悲憤。她是最早提出相信梅花會社的人，故此自認為需要負上最大責任。

「昨天你對我說的一切都是騙人的？說你被清兵施暴失去了四肢和臉，還要不擇手段才能打倒永帝之類的話，都是為了取得我的信任才講的謊話？」

「小姑娘，我失去手腳和毀了容都是真的，兇手亦是當年在短命區殺得起勁的清兵。但我要澄清，我只說『對付』永帝，從未講過要打倒她。」

「事到如今還想鑽自己的語言漏洞嗎？你太不要臉了。」

「都已經毀了容，我當然沒有臉啦。」鄭傲繼續語帶輕浮地講出極度厚顏無恥的話來，「大清確實令我身體殘缺，可是與此同時，他們也擁有使我身體恢復完整的力量——永生能源。」

「你出賣我們以換取完整的身體？」

「正是如此。比起什麼拯救世界、為短命種平權、推翻暴政甚至報恩之類遠大無私的理想，這更符合我的性格吧？」

鄭傲優雅地轉了一圈。

「難道你們沒發現這回八旗軍戰力偏低嗎？和你們對戰的全是低等的旗下家奴，我早已通報鎮國將軍山寨能源武器能殺死永生族。於是他調走所有正身旗人，派遣即使死掉也不會心痛的小卒去應付。」

網打盡，即使需要消耗部分低質的兵力亦無妨。

城寨部落由始至終都是被拉進騙局的受害者。攻殿過程的連場激戰也不過是在會社和大清帝國執導底下演出的戲碼，更為了盡可能逼真而派出大量棄子供攻殿者屠殺。這是一場活脫脫的鬧劇，而城寨軍一直未發現其他人全是演員。

夏嬅的頭無力地下垂。說不定鄭傲早已知道自己有恩於她，於是利用她去拉攏城寨軍，使所有人上當。

（我真是笨得無可救藥。）

她這輩子從未如此想哭過。自己死掉也算了，她一時的天真還將城寨軍所有同伴拖下水，這是死一千次都無法償還的罪孽。

（對了，那少年！）

171

夏嬅忽然想到一個人。

（那位賜劍給我的神秘少年！他人在哪？）

假如有人能夠扭轉當前的絕望境況，非他莫屬。雖然夏嬅至今仍不知道他是何方神聖，但畢竟是連無盡天劍都能弄到手的人，其潛行術更是登峰造極，可見少年有不可小覷的本事。

他會不會早已察覺到鄭傲的計謀，一直潛伏著等待出手的時機？

她實在很討厭這股想尋求天外救星的衝動，可是現在除了祈禱以外就別無他法了。

這時，鎮國將軍梓才踏著沉重的腳步走了過來：

「鄭兄，汝可以見皇上。」

「太好了。啊，慢著。」

鄭傲扭動頭部，望向城寨軍的人群當中正在雙膝跪地等候發落的加百烈跟夏嬅。

「我可以帶上這兩件戰利品嗎？」

172

領著頭的是梓才又大又寬的背影；跟在梓才後面是瘦高的鄭傲；尾隨著兩人的則是雙手無法行動自如的加百烈與夏嬅，以及負責押送他們的五名清兵。一行人踏著純白的螺旋狀梯級節節上升，往連接著永生之泉頂部的浮華殿進發。

兩名戰俘除了被收走武器，他們的強化衣亦被裝上能源干擾器而無法啟動。旁邊的士兵更用高周波長槍於極短距離指向他們的背，隨時可置他們於死地。

加百烈想不透為何鄭傲見永帝要帶上他和夏嬅。難道希望在他們生前能見到統治世界的皇帝最後一眼？這究竟是出於慈悲還是惡意？

「鎮國將軍，聽說你在皇上獲得永生之初已是臣子一員。」鄭傲忽然開口道，「而且你從沒休假。一個人究竟是基於什麼理由，才可以侍奉君主超過一百年而未曾疲勞？何況你這一百年未升過官。」

「汝的提問有質疑皇上聖旨的內容，原本足以拖出去斬，但也罷。」梓才頭也不回，繼續向前走，「汝曾幾何時對呼吸厭倦過？」

「所以你對大清的愛國心就跟呼吸一樣自然？這簡直是最完美的精忠報國之

173

士典範呢。我就做不到了。別說跟著同一個老闆，我光是在同一個地方待太久都已經受不了。」

「汝的講法就跟昔日自稱探索未知的冒險者、拿著槍到處殖民的西方暴徒無異，難怪『商』從來是四民之末。」

「但仍是國之石，民也。」

兩人的對話就像永不相交的平行線一樣毫無共識。

「不過說到執念，攻殿者和你這大塊頭不相伯仲。」

鄭傲瞄了後方加百烈和夏嬅一眼。

「他們自阿金開始就死傷無數，但仍執意對你發起挑戰。鎮國將軍你和攻殿者，就如一塊不動如山的磐石與源源不絕地滾向磐石的雞蛋，你們會永遠對抗下去，直至磐石終於被撞破，或是再也沒有雞蛋，這場無盡攻殿才會完結。」

「汝的比喻真有趣。」即使講了這麼多話，梓才從未將臉轉過來，「那汝覺得最終磐石與雞蛋誰勝誰負？」

174

「我不在乎誰會獲得最後勝利，也希望這場對抗可以永遠持續下去。衝突與鬥爭乃利潤的搖籃。」

「我們果然只會從你口中聽到最噁心的答案。」夏嬅忍不住插嘴。

「攻殿者，吾本想叫汝閉嘴，但吾必須承認汝說得不錯。」梓才說。

「哈哈哈，沒想到我能同時惹兩邊人討厭。」

不知不覺間，外牆已不再純白，取而代之的是灰、藍、銅和金等色彩豐富的紋路。他們顯然已經走出永生之泉，進入了浮華殿內部。能見到永帝廬山真面目的時刻將近了。

但見到龍顏的時刻，亦是加百烈和夏嬅的死期。一行人走向永帝廳發出的足音就是倒數他們生命的時鐘跳動聲。加百烈頭顱下垂看著不斷向前挪動的雙腿，點算著餘生。

沒由來的，倒數停止了。

隊伍不再前進。隊伍的領頭人忽然站住，迫使後方所有人乖乖照做。

「鄭兄，在稟見皇上之前，吾有個要求。」

175

「儘管說。」

「除下頭盔，讓吾看臉。」

「為何？」

「汝說過，汝是為了借助永生能源恢復身體而串通吾等引攻殿者墮入圈套，特別是想恢復毀了容的臉。這聽起來很可信，但汝至今已說過無數聽起來很可信的謊話。吾需要確定這一次是真話。」

「看來我這人真的劣跡斑斑呢。這當然是真的。」

「那汝不如試著解釋：吾等在這路途中經過三條分岔路，為何汝每次都望向相反方向？」

「我是在欣賞浮華殿的宏偉。」

「胡說八道。汝是知道真正通往永帝廳的路線，並且知道吾走錯了。而且汝非常焦急，想及早見到皇上，於是屢次都忍不住望向正確方向。」

梓才終於轉過來，金屬面罩看起來比平常更嚇人。

「汝對浮華殿內部瞭若指掌，卻刻意隱瞞。那，即使汝見皇上是別有用心也不足為奇了。立即取下頭盔，否則吾非但不會帶汝去見永帝，更會將汝就地正法。」

加百烈和夏嬅不禁屏住氣息，默默地觀察著兩名原為盟友，如今卻陷入劍拔弩張局面的蒙面男子。

經過短暫沉默，鄭傲受不了似的呢喃：

「鎮國將軍，你疑心之重實在超乎我想像。」

鄭傲似乎失去了往常的游刃有餘，恐怕連他都未有料到梓才會突然這樣對待自己。

「但更令人戰慄的是你那磨練了一百一十一年的驚人直覺。」

鄭傲緩緩的用右手握住左邊手腕，按下上面某個開關，紫色鎧甲立即憑空消失，彷彿整個人化為一團空氣。

咔啦咔啦。

纏住加百烈和夏嬅雙手的巨大手鐐忽然被無形的刀斬斷並脫落，使他們恢復自由身。

兩人很快就反應過來，馬上扯下貼在身上的能源干擾器，啟動強化衣，敏捷躲開清兵迎面刺過來的長槍，再施展拳腳將他們打得向後飛，猛然撞中牆壁昏死過去，一下子便打倒所有步甲。

話雖如此，兩人仍對現況一頭霧水。鄭傲為何幫他們解開束縛？他又跑到哪了？加百烈和夏嬅不禁左顧右盼，試著把握更多資訊。

只見梓才的光刀毫不猶豫地砍向看似空無一人的位置，卻撞上了某物並擦出火花。

「正一蠢材。汝以為用光學迷彩就能逃過吾的眼睛？預測獵物未來位置是武者的基本功——！」

因為意識到繼續利用尖端科技隱藏身影也毫無意義，梓才前方重新浮現出紫色的金屬外殼輪廓。

178

「……你這大塊頭總能令人大開眼界。」

鄭傲跟梓才以長刀比拼氣力，但明顯處於下風，連吐出語句都很勉強。

相較之下，梓才似乎只是輕輕把光刀遞向前，已經完全將他壓下去。

「軟弱無力，慢吞吞，動作遲鈍笨拙。汝憑此等身手就想與吾比劍？木頭人都比汝強。」

「所以我才想逃啊。」

「哼，那就試試看吧。吾給汝半招的時間。」

梓才猛力推開鄭傲，隨即砍出電光火石的第二刀。鄭傲根本連開始後退的時間都沒有，腰際就從左至右出現完美的切口。

紫色鎧甲不但上下半身從此分離，更於空半分裂成無數部件，七零八落的散落在地。

鄭傲倒下了。

可是，地上缺少了一樣決定性的東西，使梓才、夏嬅和加百烈都無比困惑。

沒有血，更沒有任何人體組織。地上只有一堆無機殘骸。鎧甲裡面似乎除了四隻銀色的義肢就空無一物了。

梓才突然仰頭舉刀朝上一劃，發出金屬碰撞的尖銳聲響，彷彿擋開了不知名的攻擊。

一道矮小的黑影被梓才揮刀彈開，於空中往後翻轉，落到城寨軍兩人眼前。

「是你……！」

一看清黑影的面容，夏嬅下巴幾乎要往下掉。

他正是昨晚送她無盡天劍的長髮少年。

「你就是鄭傲？」

就在要被梓才砍中腰間的前一剎那，裡面的少年施展出金蟬脫殼術，將鎧甲留在原地成功逃脫。

少年身體沒有殘缺，只是需要用到義肢延長四肢，好讓自己能夠扮演身型瘦高的男性。毀容也是假的，以頭盔蒙面是為了隱藏其真正身份，並在裡面安裝變聲器。

「鎮國將軍，你說得不錯。我從頭到尾都在說謊。」

少年手持細長福壽劍站直身子。

「但同時你也錯了。我說過最大的謊言不是別的，正是『我叫鄭傲』這句自我介紹。」

他以眼角斜瞄身後的兩人。

「快走，這裡就交給我。」

少年尚未完全低沉的嗓音直率又清澈，與「鄭傲」簡直判若兩人。一直以來，他隔著鎧甲外殼表現出來的浮誇與無恥都是演技，成功騙過所有人。

加百烈和夏嬅終於明白到，這名長髮少年會要求攜同兩人去見永帝，是因為他們是同伴。他原定在稟見永帝時效法荊軻行刺，惟未抵永帝廳已被梓才識破。

他們默默點頭，轉身跑走，留下巨大和矮小的身影凜然地四目相對。

梓才一語不發的俯視少年好一會，忽然高聲狂笑。

「與吾等密謀引城寨部落入局，原來是為了以領取賞賜之名潛入浮華殿，之後再一次背叛吾等。汝的計中計真是太妙，太有趣了——！原來，對無盡攻殿執念最強烈的人是汝自己啊——！」

雖然被擺了一道，但他沒有絲毫震怒，甚至顯得歡愉。

經過了百年所向無敵的沉悶歲月，他終於遇上值得一戰的好對手了。

「小伙子，汝名為何？」

「祇是一介攻殿者。」

愛新覺羅．溥儀只是淡笑著，向三十六年前殺死過自己的宿敵架起劍。

頭上戴著罩耳式耳機的少女除了下意識地將棒棒糖含進嘴裡之外，幾乎沒有其他動作。

182

她無力地倚牆而坐，頭部下垂，目光空洞，雖睜著眼但什麼也沒在看，猶如一具屍體。

笑意已從朵拉的嘴角徹底消失。

（是我們奪走的。）

從遠處看著少女的趙菁內心正天人交戰。

梅花會社出賣城寨軍只是連環計的第一環，之後他們會重新結盟，一起大鬧永生之泉，藉以製造奪走夜明珠的機會。為此，鄭傲很早已要求趙菁想辦法盡量減低城寨軍投降前的傷亡。

於是她挾持朵拉。經過一輪觀察，她知道為了這名少女，絕大部分城寨士兵都會願意放下屠刀。最終目的確實達到了，除了出乎意料地頑固的管家和十幾名被趙菁殺害的士兵，城寨軍幾乎沒人在梅花會社倒轉槍頭時死去。

但作為代價，朵拉的精神已完全崩潰。

梅花會社目前仍須扮演清兵的盟友，無法對少女說出真相。

可是，少女的身姿實在過於慘不忍睹。趙菁費了好大勁才壓下跑過去對少女全盤托出的衝動，她不能因一時悔疚而破壞連環計。

無數人曾死在趙菁刀下，她對此未曾感到一絲罪惡感。她是一台屠宰人類的機器，只會乖乖執行由梅花會社下達的命令，這是她一貫生存方式，也是生存意義所在。反省和良心都是不必甚至有害的多餘機能，她小時候受訓時已將它們徹底捨棄。唯有這樣，她才能成為最完美的殺手。

可是現在，胸口幾乎快被前所未有的情感撐破。這是趙菁不曾體驗過的。自從昨天與以笑容對抗命運的女孩相遇，她的內心就起了巨大變化。

朵拉以歡樂拯救人，而趙菁以利刃殺害人，兩人生存方式之別就像光與影。也許因為這樣，朵拉的活法對趙菁來講極具魅力。

她不忍心見到少女被摧毀，這次卻偏偏要由她親自動手。

（社長在搞什麼？動作快點。）

她一直在等鄭傲的指示。她這輩子從未對社長有任何不滿，唯獨這次，她忍不住在心中持續督促那男人。

184

左手的接收裝置終於彈出紅色的通知文字，上面寫著「陸拾陸」。

（來了！）

她隨即開啟耳機的廣播模式。

「全體梅花軍注意，馬上執行六十六號指令。重複，馬上執行六十六號指令。」

她慢條斯理地走向一名正在點算城寨武器堆的清兵，拍拍對方的肩膀。

「什麼事？」

那士兵才剛回頭，脖子便多了一道傷口。趙菁甚至未拔刀，只用注入山寨能源的指甲輕輕一劃就將他歸西。

其他在永生之泉內駐守的梅花軍也已經挑選好變節後第一個下手目標。他們自然無法做到如趙菁那麼乾淨俐落。

「喂！你在幹什麼？」

「快住手！」

「呀呀呀呀呀！」

185

很快，慘叫哀號聲、刀劍碰撞聲和槍械駁火聲就浸沒永生之泉，赤紅的血色染滿純白的空間。

數隊梅花軍走向跪地的城寨軍解開手鐐，又將武器發還給他們。

忽然重獲自由的城寨軍一時間搞不清楚狀況，剛開始一臉茫然。但經過一些梅花軍的細心解釋，他們雙目逐漸染上理解的色彩，甚至開始站起身加入紫色軍團和清兵之間的大混戰，令場面更加一發不可收拾。

無論戰俘和盟友都將槍口劍尖指向自己，這裡已儼然化為八旗軍的噩夢。

即使如此，形同行屍走肉坐在角落的少女依然不為所動。

趙菁煩躁地從武器堆撿起加百烈的雷射劍和夏嬅的無盡天劍，急步走向朵拉，將它們用力摔在少女腳前。

「起來！」

比起銀髮女子的呼喝，眼前熟悉的武裝更能喚起朵拉的注意。

「這是爹跟小嬅的……」

186

「起來！想救他們就跟我走！」

趙菁朝女孩伸出手。

少女緩慢地抬頭，仰視著趙菁。

朵拉的瞳孔終於回復理智的神采，她看了看趙菁背後混亂不堪的畫面，再回看俯視著自己的女殺手，沉思了半晌。

「嗯！」

終於，她用力握住趙菁的手。

溥儀知道他必勝無疑。

三十六年前溥儀作為「載穎」死去的時候，監視者藍魅與赤魅曾經贈與他未來的提示：在他最後一次攻殿，一名叫鄭傲的男子已成立犯罪網絡梅花會社，會社能出產山寨能源。鄭傲會跟香港城寨軍結盟攻殿，但其實暗中勾結清兵，於中途背叛城寨軍，最終鄭傲更會從慈禧手中奪得藍夜明。

此提示，溥儀反覆推敲過無數次。他最後得出結論：他要成為鄭傲，親手成立梅花會社和研發山寨能源技術，更要親自背叛城寨軍。

如此一來，他就能以「鄭傲」的身份奪取藍夜明，更因為是命運，他必定成功。原本的詛咒便轉換成讓他取得勝利的祝福了。

世上確實曾存在名叫鄭傲的在日漢人，但他早於二十二年前便被溥儀的前世所殺，取代了其位置。

既然溥儀（鄭傲）取得藍夜明是不可迴避的命運，那眼前的梓才就絕不可能阻擋到他的去路。

只是，兩魅的預言並未提及他如何打倒強如鬼神的八旗之首。

「陸青峰」是個尚未發育完成的十六歲少年，論氣力、耐力、體重等單純的身體機能，沒有一項是梓才對手。

溥儀只能和他比一個字：快。

牆壁和天花板都是他的落腳處。長髮少年彷彿超脫重力，在狹小的空間內不斷高速彈跳，分裂成無數殘像。一成功接近梓才便往他身體切一下，之後馬上跳開躲避光刀的反擊，再重新高速移動。

雖然每一劍都很輕，但當傷害不斷累積，還是有可能削弱梓才的盔甲，甚至劃破皮肉令動作變遲鈍。溥儀手上是把極度鋒利的福壽劍，雖然劍身單薄經不起對撞，穿透梓才厚重的防具倒是綽綽有餘。

梓才就像同一時間在應付數十個溥儀般被弄得眼花繚亂，揮舞著光刀不斷砍中少年身影的幻象。

六劍、七劍、八劍——溥儀主要瞄準梓才的腳。梓才腿部裝甲的隙縫開始冒出些許血絲。只要令巨人無法行走，甚至站不穩，他就能贏了。

殊不知，他的如意盤算瞬間就遭到粉碎。

溥儀著地，向梓才的右腳掃出第十二劍。腳卻像是預先知道劍會襲來似的迅速抬起，再精準地將福壽劍重重壓在軍鞋下面。

劍被奪，溥儀隨之而來的動作遲緩更招致嚴重後果。

189

一隻巨掌抓住脖子猛力往上提，將他整個人舉到半空。

「汝以為像烏蠅一樣繞來繞去就可以將吾擊倒？汝幾乎只攻擊吾的腳，落地位置不又多，只要適應了汝的移動速度，此戰法馬上就能攻破。」

梓才腳使勁一踩，底下的福壽劍應聲斷成三截。

雙腳離地的溥儀十指又拉又爪，企圖扯開纏在頸部的粗大手指，但完全沒用。大動脈遭到擠壓，腦部開始缺氧，溥儀的唾液流滿了下巴，意識逐漸變得空白。

分出勝負了，結果還是一樣。

兩人幾乎完美重演三十六年前的畫面，攻殿者將又一次身首異處，這已是無法逆轉的終結。

（不可能！我絕不可能再次輸給這男人！）

他一定能贏，否則現實便會跟兩魅的預言產生矛盾。戰鬥尚未結束，附近必定有足以扭轉局面的法寶。

190

溥儀奮力抵抗重力對眼簾的牽引，快速轉動著眼球搜索每個角落。

終於，他發現了一個早於三十六年前已經覺得不尋常的地方。

梓才腰間掛著一把寬大的劍，溥儀這距離完全能將它拔出來。可是堂堂鎮國將軍居然未有提防被奪劍的風險，就這樣將劍柄曝露在敵人觸手可及的地方，實在不合理到極點。

已顧不了這麼多，死到臨頭什麼方法都得試。

「嗚啊啊啊啊——！」

溥儀吐出殘留在肺部裡的最後一口空氣，全身氣力注入右手，抽出火紅長劍，往前一捅。

「啊……」

聽到蒙面巨人發出一聲夾雜著驚愕的低呼，巨掌放開了他的喉嚨。溥儀終於能夠呼吸，猛力咳嗽。

191

抬頭一看，只見劍身完美沒入梓才的肺腑，緋色劍尖從背部刺出，更在披風上造成破洞。

梓才雙膝跪地，身子無力地往後仰。這把劍顯然具有抵消永生能源的力量，守護著浮華殿的百年老將終於陣亡了。

贏了。

未曾吃過敗仗的強敵已經敗在他手上。溥儀經歷四次慘烈的死亡，終於獲得勝利。

「為何……汝能拔出這把劍？」

血液已倒灌至梓才的氣管，他以沙啞的聲音問道。

「劍主的靈魂形狀早在宣統元年已銘刻於劍中，只有一人能夠拔出，而那人早已不在世上。莫非……」

碩大的雙掌伸向溥儀的臉。因為毫無殺意，溥儀便任由它們接近。

「汝是王兒……？」

「……！」

溥儀大驚失色。

這人，剛剛叫他什麼？

瀕死男子取下金屬面具，露出百年以來不曾向任何人展示的面容。

這張臉喚醒了溥儀遙遠的記憶，種種畫面立即浮現在眼前。

那是當他從家中被帶走送往紫禁城時，牽著他的手的面容；那是在太和殿的登基儀式上，他因坐不住擅自離席時，將自己重新安置在龍椅的面容；那是他屢次哭著問何時才能回家時，忍受著痛苦沉默不語的面容。

「阿瑪——！」

溥儀拋開一切，撲進父親——愛新覺羅．戴灃的懷裡。

「原來……人真的有來世……」被抱住的戴灃滿足地說，「假如三十六年前，吾早點察覺到眼前的女人就是汝的話……那該多好……？」

「阿瑪，你貴為和碩醇親王，為何要對那老太婆唯命是從？為何要蒙住面目，化名梓才，甚至甘願被貶至不入八分鎮國將軍！？」

193

「王兒啊，一切都是為了汝……」

戴灃有氣無力地說。

「汝可曾有想過……為何萬歲爺換了人……年號卻仍是宣統？」

「是阿瑪跟老佛爺交涉？」

「正是……吾想保留王兒的年號，以紀念不在人世的汝……不單如此，永帝應仍保存著汝的遺體……永帝保證，只要……吾願意擔當起守護浮華殿的使命，她便會繼續用永生能源……為遺體保鮮。」

「所以阿瑪這一百年來，並非在保護浮華殿，而是我的遺容……！」

溥儀用力抓緊戴灃的披風，把臉埋進去，淚水已然崩堤而出。

向來不擅長打架的父親，僅為了兒子的屍體，居然在百年間將武藝鍛鍊至無窮的境界。

「阿瑪明明你是為了我才……我卻不知恩，更親手殺死你……我……！」

「哈哈，彼此彼此……吾也一樣愚蠢，自以為在守護汝，殊不知原來汝仍然活著……百年以來持續在殺害汝。大家都白忙一場，吾等笨父子簡直不可救藥……」

「阿瑪……」

溥儀已變成哭人兒，再也說不出話來。

「王兒啊……」

戴灃摸著兒子的頭，笑著閉上眼。

「不必自責。吾殺了這麼多人，早已罪該萬死。只要知道汝仍活著，吾已經心滿意足了……」

「阿瑪！阿瑪！」

戴灃的上半身逐漸失去支撐的力量，往後傾跌在地。

溥儀慌亂地確認戴灃的傷勢。這明顯是絕不能治好的，他是不折不扣的弒父兇手。

「王兒啊……還記得這把劍嗎？」

儘管全身乏力，戴灃還是脫下金屬手套，舉起蒼白的手掌貼在溥儀頰上。

「……這是汝登基時道靈臣賜給汝的劍……它是來自上天之物，只會認汝是主人……吾一直把它帶在身上。帶走它，用它去討伐老太婆吧……這是吾現在唯一能替汝做的事了……」

說罷，戴灃的生命之火徹底熄滅，滿心釋然地停止了呼吸。

溥儀整個人像是凍住了一般，緊握戴灃冰冷的手動也不動。

終於，他重新站起，低頭凝視亡父。

「阿瑪，在把夜明珠歸還大地後，我也會跟隨你而去。等我。」

他低聲發誓道，手伸向戴灃胸口上的劍柄。

「原來是這樣。居然有人能把朕蒙在鼓裡達百年之久。」

透過鎮國將軍梓才——戴灃的眼睛和耳朵，她，知曉了一切。

過去一百一十一年，終於親身登上皇位的她忙於建立永生國度體制，早已將死去多時的年幼皇帝忘得一乾二淨。也難怪，即使有薄弱的血緣關係，那小孩至終是她毒殺光緒後用來延續垂簾聽政的神主牌，充其量不過是龍椅上的擺設而已。

男孩後來更成為測試紅夜明的犧牲品。當時她感到痛心的根本不是年幼皇帝的死，而是失去其中一顆夜明珠。她之所以會答應戴灃的交換條件保留小男孩的遺體，除了戴灃對兒子的愛相當值得利用之外，也是想測試可否從屍體取回紅夜明。

沒想到此輕率舉動便是對永生國度造成不穩的元兇。那小男孩寄居在他人的身體裡長大成人，一直暗中跟自己搞對抗。她長久以來都隱約感受到一股看不見的力量在阻礙永生國度發展，卻始終找不到源頭。

現在終於真相大白。

197

小男孩不單煽動短命種當攻殿者，這次更假扮成身體殘廢的貪婪商人跟自己交涉，以捉拿全體城寨軍作為稟見自己的大禮，實際上卻是暗渡陳倉之計。她曾以為，鄭傲雖為匪類，過去二十年和大清卻合作無間，更不時暗中向朝廷出售攻殿者的情報換取好處。此人嗜財如命的欲望展露無遺，只要適時滿足其貪念，縱然是野生的，他仍是一隻相當好使喚的忠犬。梅花會社推出把永生能源改造成紅色的科技曾一度讓她警戒，可是紅色能源始終依賴原生能源的供應，本質上仍是依附於大清（她）的下等體制。

原來一切都是演技，是那小男孩設了足足二十年的局。紅色能源打從一開始就是為了摧毀永生國度而存在。二十年來對這頭野犬的放任和餵養，已令牠不知不覺間成長至足以反咬自己一口的巨獸。

剛剛連梓才（戴灃）都敗在他手下了。

現在，那小男孩及一眾攻殿者已準備直搗黃龍，往這邊進發。永帝聽首次會有不請自來的訪客。

永帝慈禧要睜開雙眼、親身面對敵人的日子總算來臨。

「放馬過來吧。朕隨時恭候。」

加百烈一拳將清兵半個頭顱轟飛，只剩下顎骨連著身體。強化衣注入到拳頭的紅色能源令清兵無法再生，化為屍體。

同一時間，夏嬅對一名攻過來的清兵的頸施展擒拿，粗暴將他的頭塞入牆壁的破洞。

「那少年正是昨晚贈妳無盡天劍的人？」

「對。現在回想起來，他之所以能神不知鬼不覺潛入城寨，是因為他早前已經以『鄭傲』的身份大剌剌走進來了。」

兩人一邊擊倒湧過來的浮華殿守衛，一邊氣定神閒地談話。

「可是有一點我始終想不通。男孩怎麼看都只有十來歲，而梅花會社二十年前成立，此矛盾該如何解決？」夏嬅說。

「只要跟昨日敏惠和予思的研究成果連結起來，就不成矛盾。」加百烈回答，

「阿嬅妳應該聽過敏惠她們主張夜明珠有兩顆？」

「我記得是紅和藍夜明。」

「對。敏惠她們認為與藍夜明不同，紅夜明具有使人保留原本記憶不斷投胎轉世的力量。」

加百烈頭左傾躲開迎面而來的長槍，蹬腿將步甲踢飛至數丈遠；夏嬅則以肘擊截斷了另一把長槍，再一掌擊向清兵的鼻樑。

「烈哥，你的意思是二十年前的鄭傲和那少年是同一個輪迴轉生者？」

「不只這兩人，三十六年前死去的女科學士載穎也是同一人。」加百烈凝重地說，「我認為，連『攻殿者阿金』也是同一人。此輪迴者帶著強烈的執念，多年來持續挑戰永帝。」

「這實在是大膽的想法。」

「更大膽的還在後頭，」加百烈道，「予思她們推理此輪迴轉生者的第一世正是宣統帝溥儀。」

「那……攻殿者與守殿者過去百年的對壘，實際上是兩代永生不死的大清皇帝的內鬥？」

「此話恐怕不虛。」

「真教人不快，感覺我們只是被兩個老不死擺弄的棋子。」夏嬅不悅地皺起眉頭。

「我也有同感，但這不改攻殿的正當性，要做的事始終要做。」

「烈哥為人真的寬宏大量，換是我早就對他們破口大罵。」

「爹——！小嬅——！」

一名少女飛奔而來，緊緊抱住兩人。

「太好啦——！真的太好啦——！」

朵拉的臉流滿喜悅的淚水。

「我以為從此就見不到你們了嗚呀————！」

雖然很吵耳，但見朵拉已恢復平常的開朗，加百烈和夏嬅總算放下心頭大石。

「你們兩個蠢蛋！下次不要再輕易為我而死了！」

「好好好。」夏嫜苦笑著安撫朵拉。

「這些是你們的。」

一把女聲很不識趣地打斷了三人的重逢環節。

趙菁拿著雷射劍跟無盡天劍走過來，遞向它們的原主。

城寨軍第一與第二把交椅迎上銀髮女子的目光，百感交雜地接過劍。事態發展峰迴路轉，只在不久之前，他們從盟友變成了敵人，現在又變回盟友，腦筋已經轉不過來了。

「管家的死是我們的責任。」

出乎意料地，趙菁率先破冰，承認過錯。

「妳說得不錯。我們絕不會忘記這筆血債。」加百烈道，「不單止管家，妳還殺害我們多個兄弟，但現在還不是清算的時候。」

「不愧是城寨軍首領。你總能正確決定事項的先後次序。」

稚氣未脫的聲音從遠處插話。

走廊深處冒出一名全身裝束都是黑色的長髮少年。他手握一把黑柄紅身的劍，劍身形狀猶如火舌。雖然寬大，但少年仍能輕鬆單手舉起，彷彿是他身體一部分。

少年慢慢走過來，期間掏出一個發光的梅花紋章向趙菁展示。

「社長。」

趙菁馬上低頭敬禮。她雖然不認得溥儀（鄭傲）的樣貌，卻不會看錯那獨一無二的紋章。它是只有她的最高領導者才有資格持有的認證。從今以後，她會絕對服從少年的命令。

「你打倒了梓才？」

加百烈認出溥儀拿著原本掛在鎮國將軍腰間的劍。

「對。」

溥儀眼底閃過一抹悲傷的神色，夏嬅注意到他臉上有拭乾了的淚痕。

「鄭傲——不，輪迴轉生者。」夏嬅凝重地開口，「請回答我，十六年前在救了我之後，你死了？」

203

「對。」溥儀面無表情地回答，「我的頭骨被清兵開槍打穿，人生被迫從頭來過。之後我有一段長時間只能靠通訊器指揮梅花會社，同時僱用影武者假扮鄭傲和人會面，直至七年前收留火旭，他提供了腦波配對裝置，讓我這名小孩可以在家中遙距操控遠方的人形機器人扮演鄭傲。我兩年前回到梅花會社，以義肢、變聲器和蒙面盔甲親身成為鄭傲。」

「輪迴轉生者，我們時間無多，長話短說，接下來換我提問。」加百烈說。

「問吧。」

「你是攻殿者阿金嗎？」

「我是。」

朵拉的右眉跳動了一下。

「你是科學士載穎嗎？」

「我是。」

「你是宣統帝溥儀嗎？」

「正是。我真名是愛新覺羅・溥儀，愛新覺羅・戴灃之子，大清帝國第十二任皇帝。」

「你擁有紅夜明嗎？」

「正是。我的使命是將兩顆夜明珠歸還大地，恢復世界之理，迴避滅世。」

「很好，我沒有問題了。」

眼前的少年是他祖先、是攻殿者的先驅、是永生國度以前大清的傀儡統治者、是梅花會社主腦鄭傲、是紅夜明的持有者、也是一位不知其名的少年。但這些現在加百烈都不在乎，他只需要知道少年是會一起對抗永帝的盟友，就已經足夠。

溥儀忽然朝加百烈伸出手，把一張紙片交到他手裡。

「加百烈，如果當一切結束時你仍活著，去這個地址。我想將那裡一個東西交給你。」

「為什麼是我？」

「因為你是唯一適合的人選。那東西是當夜明珠消失之後、掌控新世界秩序的權柄，只有在正直的人手中才不會釀成災難。」

205

加百烈雖然滿臉疑惑，但仍老實聽話，把紙片放入口袋。

大地輕輕搖晃，使眾人不由得往下望。壓在身上的重力更稍稍增強了。

「發生什麼事！？」朵拉睜大眼問道。

「浮華殿脫離了永生之泉。」溥儀冷靜回答，「為了不讓在底下大鬧的攻殿者跑上來，慈禧讓它升空了。」

「看來只有我們五人成功進來。」夏嬅說。

「五人就夠，人再多也沒有差別。」

溥儀環視眾人。

「已沒有退路了。走吧，去永帝廳。」

加百烈、夏嬅、朵拉、趙菁、溥儀五名攻殿者毅然跨出腳步，為最後的決戰打響銅鑼。

這裡絕不是人住的地方——加百烈踏入浮華殿的中樞地帶，不由得萌生強烈的感覺。

佔用宮殿近三成體積的空曠明間幾乎空無一物，只有角落一個發光的晶體柱體，還有一群頂部裝有圓形的發光感應器、底下裝了輪子的機械護衛。任何人類平常生活需要的設施一概欠缺。沒有梳洗間，沒有床，沒有休憩場所，也沒有用餐處。

為何一個人可以在這裡待上接近百年從不出戶？

他很快就想到答案。

因為，住在這裡的早已不再是人了。

那她是神嗎？當然不是。攻殿者絕不會承認其神性，因而拒絕屈從於她的所謂聖旨。她只是借用天降神物的力量建立忠誠制度、壓迫人民的暴君罷了。

如今，這暴君正活生生坐在他們面前。

盤踞永帝廳正中央底座上的絢麗女性已然站起身，以其散發著光芒的藍色瞳孔凝視著闖進來的五人。他們頓時感到一股寒意，彷彿女子只用目光已能使氣溫驟降。

「還想活就馬上退下，朕仍會饒你們一命。」

女子的話語從四方八面傳來，有如整個空間在跟五人說話。這是她的最後通牒，是永生國度對不知天高地厚硬闖聖域的短命種僅餘的仁慈。

「老太婆好久不見。」

不怕死的溥儀冷笑說。

「上次已是一百一十一年前了，還記得嗎？抑或妳的大腦已經退化到痴呆？」

裝著溥儀遺體的晶體靈柩內部忽然起火，青藍火焰吞噬了小孩蒼白的身體。

「朕不妨做個實驗。」慈禧冷漠地說，「法蘭西的思想者笛卡兒曾主張身和心兩者可以分開獨立存在。現在看看當原本的身體燒成灰燼，你的靈魂是否還在。」

「妳還是一如以往的心狠手辣。」

眼見舊的身體被放火，溥儀儘管表情不改，但臉上掛著的笑容添了一股怒意。

「永帝，」

夏嬅向前踏出一步兼插話。

「以妳的智慧，想必早已知道，藍夜明釋放出來的永生能源只是斷裂了的天地循環的殘照。那為何仍執意維持永生國度，將太陽系推向萬劫不復的境地？」

「小丫頭，妳說到一個重點——太陽系。目前只有太陽系的天地循環斷裂，也只有太陽系會毀滅，其他行星系統不受影響。」

「莫非妳打算出征至其他星系！？」加百烈一臉難以置信。

「朕早已派人開發宇宙航行技術，也已經派遣了第一批探險隊。只要找到其他星系的夜明珠，永生國度就能延續下去。」

「痴心妄想。就算永生國度真的掌握全宇宙的夜明珠，也會有耗盡的時候。」溥儀輕蔑地說。

「那會是什麼時候？一萬年後？一億年後？一兆年後？宇宙本就不是永恆之物。但只要爭取到足夠時間，朕便可帶領人類累積智慧，終能找到跳出低維度世界的方法。只要超越時間本身，時間便不再有限。」

「妳滿腦子都只想著如何征服一切。我可不想永遠只能活在妳的統治底下呢。」

溥儀從背部拔出王兒劍舉向前。

對此，女皇帝只是淡然說：

「儘管來吧。就當是一場試煉，假如朕連你們都敵不過，永生國度也不過如此。」

慈禧雙腳毫無預兆地離開朱漆方台，整個人慢慢向上升。

「別忘記你們是在浮華殿內，就像身處朕體內的污穢異物，整個空間都將與你們為敵。這裡，是朕的世界。」

慈禧懸浮在半空張開手臂，雙掌噴出粗大的藍色光線射向左右兩邊的牆。

五人前方冒出數百盞藍色的圓形燈光連成一線，越來越近。那是數量龐大的機械護衛，平常收在圓柱體身軀內的刺刀和槍口已全數伸出，進入備戰狀態。它們全是慈禧的耳目，已收到格殺眼前獵物的命令。

「當心後方！」

朵拉高喊。溥儀轉過頭來，不禁睜大眼。

大量人影穿過張開的大門，以令人毛骨悚然的蹣跚步腳進入永帝廳。有的手執大彎刀，有的手持長槍，有的則雙手托著連發步槍。

可是，這些人影全無生命跡象。

「天哪，真噁心。」

朵拉皺起眉頭說道。其他人雖未有表露出來，但內心也有相同的感覺。

進門的「人」群是曾被打倒的清兵，即屍體。經過慈禧注入永生能源，這些屍兵雖然未有復活，卻仍聽從永帝的指示活動起來，以笨拙的肢體動作繼續作戰。

「把生物殘骸當作機器般使喚，永生能源真是不得了。」加百烈咬著牙。

很快，機械護衛和屍兵就將五人團團圍住，只留下狹小的空地。加百烈、夏嫤、朵拉、趙菁、溥儀背靠背站成一圈舉起武器，警戒著第一發攻擊的來到。

「為什麼我們要跟這些雜兵糾纏？」朵拉忽然沒頭沒腦地說，「我們的真正目標是永帝吧？她現在正自己浮在空中，那是絕佳的射擊位置。」

「那妳就試試看將她擊落。」趙菁說。

「好啊！」

於是，少女便笑吟吟地扣下雙槍的扳機。兩顆能量彈毫無懼色地打向慈禧，卻在觸碰到目標前已經撞上一道淡藍色的屏障，散開消失。

慈禧低頭望向槍彈的方向，朝底下的五人張開手掌。

「全部人退到我後面！」

211

溥儀叫道，握緊劍柄。

暴虐的光之奔流迎面撲來，將一切照得形同白晝。奔流形成的衝擊波更刮起一陣狂風，眾人都不禁蹲下來閉上雙目。

只有溥儀凜然站立。他揮出火紅劍刃將光柱硬生生斬成兩截，迫使光束分裂成兩條支流，結果不但未有將五人蒸發，更擊中周遭的機械護衛和屍兵。神器王兒劍成功抵擋另一顆高維度神器發射出來的強大能量束。

但這僅僅是噩夢的開端。

眨眼之間，無機與死亡的群體已像海嘯般湧向五人。諷刺的是，慈禧的能量束消滅了最接近攻殿者的群體成員，反倒使他們有足夠時間反應過來。

劍鋒在呼嘯，擊錘在咆哮。王兒劍、無盡天劍、雷射劍與雙黑刀以肉眼無法追上的速度劃動著，將攻過來的屍體和機器大卸八塊。另一邊廂，少女的兩隻食指無間歇地扣動扳機，以紅色能量彈掃射敵陣。由於敵人實在太多，五人幾乎不需要瞄準，隨便亂槍打鳥也能擊中，只要堅持不停下就可以了。

五人各施其職，毫無死角的槍與劍成功抵擋住永生大軍收窄包圍網的步伐。

「可惡，這沒完沒了！」

眼見倒下的屍體已重新爬起、破碎的機械護衛恢復原狀，加百烈不禁開聲抱怨。

就算五人的武器都可抵消永生能源，偏偏供應能源的夜明珠就在眼前，即使被抵消都可以馬上補充。

被劈開的屍體會再生，遭到破壞的機器亦能逆轉損毀。攻殿者原本藉著山寨能源與神劍破解永生能源的措施頓時已淪為無用功。

五人有如被源源不絕的驚濤駭浪打翻的小舟，光是穩守已經相當勉強，更別提接近慈禧。但就算真的能接近又如何？馬上就會被她的能量束燒至渣也不剩。

以有限戰無限。他們性命只有一條，體力和武裝早晚也會耗盡，被消滅只是時間問題。

如不想辦法，再這樣下去絕無勝算。

朵拉雙槍的子彈很快已經打光，取出火焰匕首加入切割敵人的行列，轉眼間已砍倒四台機械護衛。

第五個敵人是屍兵，她馬上反射性地反手握刀，砍向頸部。原以為屍兵的行動比較緩慢可一擊必殺，沒想到匕首居然被一把發光的大刀擋下。

抬頭一看見屍兵的面目，她馬上嚇得尖叫。

「嗚哇——！梓才——！」

臉色慘白的戴灃居高臨下，以混濁的眼珠瞪著她。

「老太婆妳這混帳——！阿瑪生前已為妳做牛做馬，連死人都不放過！」

眼見生父的屍體也變成敵人，溥儀滿腔怒火地高聲咒罵。

枯乾的五指抓住少女的手腕，以強大的力度將她拖入亡者大軍。

「不要！放開我！」

她拼命往後拉，可是氣力完全比不上戴灃。

「阿囡！」

加百烈恨不得丟下一切撲過去營救女兒，可是他正忙於應付眼前數之不盡的機械護衛，完全分身不暇。

紫色身影一閃而過，戴灃手臂隨即被斬斷。朵拉跌坐在地上，拼命扯開擒住自己的巨大斷掌再將它丟走。

黑刀與光刀不停碰撞。戴灃用完好的手嫻熟地揮舞著手中武器，完全不像已死之人。雖是亡者，但仍然保留生前的武藝。

「趙菁！」

朵拉喊出正與鎮國將軍單挑的女子的名字。

「這傢伙由我拖住，你們趕快想法子，再這樣下去會全滅！」

不知不覺間，跟戴灃對砍的女殺手已經脫離五人的陣地，隱沒在機器與屍體的汪洋之中。

「趙菁——！」

朵拉撐破喉嚨嘶叫道，可是對方已經再也聽不到了。

雖然是一人，但已是無法彌補的重大損失。一旦人員再消耗下去，防守必定出現破綻，到時就會瞬間被敵方人海掩沒。

眼前只有絕望。溥儀咬緊牙關，一邊揮劍，一邊拼命思考。

他——鄭傲必定能奪取藍夜明，可是究竟怎樣才做到？有什麼奇策妙計可以打破困境？

「大家伏下！」

夏嬅發聲號令，溥儀和加百烈馬上乖乖照做，至於朵拉則維持坐地的姿勢。

藍色的光柱劃過眾人的頭頂。女戰士原地自轉，優雅地跳起劍舞來，伸長至數丈的劍猶如時鐘的指針飛快地劃出完美的圓。圓形範圍內所有敵人都被斬成上下兩半，沒有敵影的空間隨即擴大。

面對無限，這當然只屬緩兵之計。夏嬅純粹為了爭取商討對策的時間才一舉消滅附近的敵兵。

「各位，敏惠曾講過藍夜明有個弱點：當將能量釋放到最大之後，會有一段時間變得不穩定。在這段期間，敵方屍兵和機器都不會再生和復元，永帝亦無法行動自如。」她說，「所以我們要引誘她放出全力一擊。」

「但怎樣才能引誘她將能量釋放到最大？」

「用這個。」

夏嬅雙手握住劍柄，劍尖向上的舉起光亮的利器。

「我會釋放天劍所有蘊含的能量，刺向永帝，迫使她全力抵擋。到時候溥儀先生便可順勢奔向永帝，奪取夜明珠。」

「可是，這樣妳不就……」

無盡天劍雖同為天外神器，卻始終不及夜明珠，兩者正面交鋒的後果可想而知。

「已別無他法了，大家快準備散開。」

夏嬅心意已決，任誰都無法動搖她的意志。

「沒時間講太多了。朵拉、加百烈，好好活下去。溥儀先生，謝謝你當年犧牲性命救了我，現在就把這條命還給你。」

夏嬅嘴角揚起，綻放出最後的笑容。

「再會了，各位。」

她架起劍，劍尖向前收到後方，對準遠處的目標。

217

夏嬅舉頭望向那仍在飄浮、遙不可及的女子，眼神中一切善意頓時消失無蹤，取而代之的是深不見底的殺意。

「永帝，妳對行星系統造成的一切破壞，此劍將以同等的威力回敬妳——！」

無盡天劍源源不絕湧出光芒，凝聚到劍尖上，密度高得如正視會立即變瞎。

對能量極為敏感的慈禧自然不會看漏劍上匯集的能量已近乎見頂，一旦釋放出來將威力無比，就連她的防護罩也無法抵擋。

必須全力回應，否則後果不堪設想。

她對地上的女子張開手掌。不是一隻，而是兩隻，雙掌前方冒出一顆藍色光球。光球不停先膨脹後收縮，彷若一顆正在跳動的心臟。那是因永帝重複地朝它注入能源再加壓的工序所致。

「接招——！」

夏嬅推直雙臂，以渾身的氣力將劍刺出。

藍色閃光以完美的直線軌跡貫穿大氣，捲起猛烈的漩渦，直取天上女子的眉間。

對此，永帝雙掌輕輕一推，丟出光球碰向閃光的前端。

空間發出慘烈的尖叫。

兩股高維度能量的對撞產生恆星等級的高熱，將四周的空氣燒成電漿，迸發大量閃電狀的光輝鞭向地面、牆壁和天花板，將萬物燃燒殆盡，永帝廳頓時化為人間煉獄。

勝負很快就有結果。

光球輕易壓倒光束，不斷向前推進，最終將握住光束尾端的女戰士連帶地板一起吞噬，徹底剝奪其存在形態，一顆原子都不剩。

在這之前，面對前來葬送自己的光輝，夏嫜心滿意足地闔上眼。

當光芒仍未完全消失，有一人已經跑起來。

溥儀跨過一具具屍體、踩住一件件廢鐵，往雙臂無力下垂、緩慢降落的佛字龍袍女子直衝過去。

雖然大部分屍兵和機械護衛已經倒下，但還是有些許殘餘的兵力。它們見到疾馳的長髮少年，便紛紛湧過來保護暫時無法活動的主人。

219

「滾開——！」

溥儀揮動王兒劍，將任何阻擋去路的障礙物毫不留情地切成碎屑。這些雜兵就連拖慢他的腳步都做不到。

一步，再一步，只是不斷重複此動作。為了獻上性命換取機會的女子，他絕不能停下。

還差數步，就能碰到女人。

一百年。他等了這一刻足足一百年。只要成功了，他就可以安心離開塵世，跟另一個世界的父親重逢。

也許，他從來不是為了任何遠大理念而戰，單純是渴望死亡而已。

就在指尖觸碰女子胸前寶物的剎那，世界便從兩人眼前消失。

「這裡是什麼地方……？」

220

白。

滿滿的白。一望無際的白。除了白就一無所有。

這是她不曾看過的風景。不，甚至連應否稱為「風景」是也成疑問，說不定根本什麼都沒有。純白正是虛無的顏色。

她試著亂摸，看看會否碰到什麼東西，卻反倒被自己雙手吸引了目光。

「這雙手……！」

那不是她熟悉的光滑皮膚，而是乾癟消瘦、發灰的手背。

她往臉頰摸去，凹凸不平的粗糙觸感印證了她的假說。

「朕……變成老人了？」

「正確來講是恢復成老人。」

一道矮小的身影走入她的視界。

「這是反映著妳靈魂的自我投射。換言之，即使妳過去一百一十一年回復青春，心底裡其實仍相信這才是自己的真正模樣。」

年幼皇帝——溥儀平和地說。

「這裡是生與死中間的迴廊、彌留之所。我們只會在這裡短暫停留，很快便會消失。」

「朕已經死了？」

「正是。妳我都死了。兩顆夜明珠已重新結合，恢復成高維度物體。結合時產生的湮滅作用導致我們的肉體連帶一起灰飛煙滅。」

慈禧凝視著擊敗自己的小男孩好一會。

她輸了，永生國度要完了。

但不可思議的是，這明明是應該要感到憤怒的事，她卻沒有。

反倒像是卸下了重擔後無事一身輕、鬆一口氣的感覺。

「已經足夠了吧？」

溥儀的眼神無比溫柔，彷彿已將彼此漫長的恩怨拋諸腦後。

「老佛爺，妳我都活得夠久了，已在世上留下許多額外的痕跡。這一百一十一年本就是不該存在的幻夢。」

小男孩的話說中了她當刻的心情。

「確實如此。」

她點點頭。

「哀家也是時候退場了。」

兩人相視而笑，身影慢慢變淡，最終跟純白融為一體。

陸麗嫦一動也不動的坐在床邊，默默地流淚。

這不是她的床，甚至不是她的房間，而是早已離家出走的兒子的寢室。

陸青峰自小天資聰敏，心智年齡遠超肉體。大家剛開始都因為家中誕生一名神童興奮不已。

但很快，噩夢就降臨在陸家。陸青峰的能力早已超越父母，很快就瞧不起他們。而且這男孩非常沒耐性，總覺得兩人一直在浪費他時間。

過去十多年，兩夫婦和兒子每天都衝突不斷。最終之所以安頓下來，是因為陸青峰主動踏出家門，與兩人從此斷絕關係。

丈夫陸輝對此倒樂見其成，覺得家裡終於能安享清靜。但她不一樣，那始終是親生骨肉，眼見兒子消失令她非常痛心。

昨晚，她在吃晚飯期間重提一年前離家的兒子，結果與丈夫爭吵起來。後來陸輝在同一晚收到八旗軍駐守永生之泉的命令，飯也沒吃完就已經出門，遺下妻子一人。

在兒子消失後，丈夫已是她唯一的親人，所以很後悔昨晚鬧得如此不快。但為人父母，她確實一直念念不忘失蹤的孩子。這份思念絕不能說消失就消失，她又能怎麼辦呢？

玄關忽然傳出門滑開的聲音，她連忙走出去察看來者何人。

「郎君！」

她驚叫道，衝向身穿軍服、傷痕纍纍的陸輝。

「怎麼會這樣？發生什麼事？」

「今次的攻殿者非常強大，甚至能殺人……」

陸輝有氣無力地說。

「於是我逃走了。」

「郎君你……當逃兵？會被拉去斬頭的！」

「是呀。」陸輝面露苦笑，「但既然逃不逃也得一死，至少要臨死前見妳最後一面。」

「郎君……」

「阿嫦，昨晚對不起。我知道妳疼青峰，所以才無法忘記他。」

陸麗嫦再也忍不住淚水。陸輝見狀馬上把妻子擁到懷裡。

兩人擁抱住好一會，忽然聽到外面傳來嘈雜的騷動聲，不禁走出門外看個究竟。

只見街道上站滿人，大家都在七嘴八舌討論家中沒有能源的狀況。

「莫非皇上遭遇不測？」一個鄰居不安地說。

「管好你的嘴巴，萬歲爺絕不會被攻殿者打倒。」另一鄰居強烈地作出否定。

「看那邊！」

有一人指著天空，所有人隨即望向該方向。

225

眼前的景象嚇得大家都說不出話來。

那是脫離了永生之泉、航行中的浮華殿。

浮華殿的情況並不尋常。它的外牆失去了平常的光輝，殿身更嚴重傾斜，而且航行方向是朝下。可是它底下並非永生之泉，而是海面。

很快，大家便發現剛剛的理解錯得離譜。

那不是航行，是墜落。

巨大的宮殿底部粗暴的浸入維多利亞海港正中心，濺起激烈的浪花襲向岸邊，無數船隻因此被推上陸地。

浮華殿繼續往下沉。直到它完全消失為止，街上的永生族都僵在原地，連眼都不眨一下。

這段期間，姓陸的夫婦一直十指交合，握緊彼此的手。

他們見證了浮華殿，以及永生國度的殞落。還有，雖然他們永遠不會知道，但其實也同時見證了兒子的逝去。

自這一刻起，世界將再不一樣。

经

奉天承運

除了軍營和研究所，九龍城寨更設有綠意盎然的墓園。此墓園埋葬著多年來壯烈犧牲的攻殿者。雖然絕大部分人連遺體的殘骸都無法回收，但依舊設有他們的墓碑。許多人沒有名字，亦不知道具體出生日，故此不少墓碑只會刻上死亡的日期，以及他們生前的外號。

加百烈一語不發地於刻著「首領」的墓碑前方昂然佇立。

過了一會，他遠離愛人的墓碑，在刻著「管家」的墓碑前方默站。

默站完畢，他再度跨出腳步，走向「夏嬅」的墓碑。

最後，他停在「愛新覺羅．溥儀」的墓碑前方。

這個墓跟其他的不同，除了有真實姓名，更刻有出生日，底下亦埋著死者遺體的棺木。裡面裝著的自然不是「陸青峰」的遺體，而是溥儀年幼皇帝身軀的灰燼。雖然浮華殿已沉入海底，但慈禧建造的晶體靈柩十分堅固，打撈上來之後裡面的灰骨仍然完好。

「社長，已經可以了？」

冰冷平坦的聲線問道。這女人還是一如以往，走路完全沒有聲響。

「嗯，可以了。」

加百烈轉向下屬——趙菁回道。

雖然受了重傷，但很幸運地，趙菁成功從永帝廳的戰役中存活下來。在藍夜明消失之後，戴灃的屍體也停止了活動，未有對倒地的趙菁施放最後一擊。

在那天之後，世界已經翻天覆地。

在兩顆夜明珠消失的瞬間開始，全球的永生能源全部失效，永生族也變回有限壽命。梅花會社先前出產的山寨能源卻未有消失，隨即變成唯一的能源供給，社會階級顛倒過來了。

藉著溥儀遺留下來的梅花紋章，加百烈除了是城寨軍首領，更成為了梅花會社社長。他從此搖身一變，成為手執能源生殺大權的統治者。

232

如果純粹是組織的首領，當然會有人不服從。可是加百烈卻真的擁有不亞於永帝的絕對權力，原因就在於溥儀生前留給他的地址。

加百烈照著紙片上的地址抵達一間安全屋。在那裡，他找到了一部奇怪的平板裝置。

原來溥儀當年改造紅色能源時並非將慈禧的追蹤機能截斷，而是轉移到這部裝置上。只要有這部「山寨永帝裝置」，加百烈便能夠監視所有使用山寨能源的機器，並隨時切斷能源供給。

不過，由於沒有了藍夜明，山寨能源已不能再增加，也無法延長人類壽命，因此加百烈並不會成為下一個不滅的獨裁者，他亦無意這樣做。好不容易才消滅永帝，他才不想淪為同一種人，否則如何向眾多的犧牲者交代？

「爹——！」

女兒朵拉正在墓園的出入口向他招手。

「來了！」

他苦笑著說。

加百烈告別逝去的人們，往活潑少女的方向邁步，女殺手亦緊跟在後。

短暫的休息時間結束了。身為全世界的能源供給者，他需要面對海量的繁瑣事務。

目前的政體是暫時的過渡措施，人類必須在山寨能源耗盡前找到全新的能源，否則文明發展將嚴重倒退。雖然這未必是壞事，但也不是加百烈一人所能決定。他要跟無數人協調商討，找出未來的方向。

敏惠和火旭已經集合各地的科學士展開新能源研究，其予思則聯同其他歷史學者一起重新彙編歷史文獻。

攻殿的時代已經完結，但還有堆積如山的事情要做。

在高維度世界裡，一藍一紅的人形生物猶如看好戲的觀眾，將一切盡收眼底。

從三十六前年溥儀重新出生、殺害真正的鄭傲、成立梅花會社、再次死去，直到他攻殿成功的過程，對祂們來講只不過是短短一瞬間的事。

也許連「一瞬間」的形容方式也不盡準確。藍魅與赤魅是超越了時間的監視者，四維空間中的所有事件都只是一瞥便能盡覽、一個「物件」的各個部分而已。

「我們的預言果真造成循環效應，」

「實驗相當成功。」

祂們既是在自言自語，同時亦是在對話。只有低維度生物才會以為「一」必定不等於「二」，並對此苦惱不已。

為了測試將高維度的感知化約成低維度語言的效果，兩魅故意將從未來觀測到的結果透露些許給溥儀，影響他的行動，繼而導致攻殿成功。

祂們當然知道，溥儀會在未來扮演鄭傲，也知道這是預言造成的結果，而此結果又反過來導致祂們說出預言。兩者加起來是沒有起點的圓環。

祂們感到十分滿意。

「此宇宙已無可觀之處，」

「可以開始干涉其他宇宙了。」

235

這只是祂們干涉過眾多平行宇宙的其中之一。

在一些宇宙，鄭傲沒有被溥儀殺害和取代了其位置，更奪得藍夜明成為世界的新霸主；在另一些宇宙，慈禧成功消滅所有攻殿者；有一些宇宙，加百烈戰死，朵拉成為城寨部落軍的領袖；也有一些宇宙，梓才真身並非戴灃，而是本該中毒身亡的光緒帝載湉……

平行宇宙有著無窮的變化版本。

兩魅就像在玩人類發明的桌上遊戲，進行過無數次遊玩過程，每次都會產生出新的平行宇宙。

祂們操控著棋盤，建構了一個又一個、無盡的攻殿故事。

在虛無的黑暗中，一艘孤獨的宇宙船向前航行。宇宙船的前置引擎正噴出藍色光柱，消除慣性，令宇宙船不斷減速。

236

因為它已經抵達了目的地。

薩滿道靈臣中斷了冥想，在無重力的空間中以又抓又跳的方式離開個人房間進入船長室，透過大螢幕觀看越來越大顆的蔚藍星球。

一百年前，他奉永帝慈禧之命，率領探險隊啟程離開太陽系，前往其他行星系統尋找新的夜明珠。藉著對高維度世界的感知能力，道靈臣鎖定了一顆行星，朝向它展開了漫長的旅途。

雖然永生能源只有二十年壽命，可是由於道靈臣乘坐的女媧號以接近光速航行，繼而引發稱為「愛因斯坦延緩」的時間膨脹。在女媧號的視角，他們只航行了約十年左右，能源壽命仍有一半。

道靈臣張開沒有實體的「天眼」凝視著行星，見到它表面一處有個能夠連接上高維度世界的入口，頓時滿意地笑了出來。

「老佛爺，我終於找到了。」

完

無盡攻殼

原作 / 插畫：PureHay & MoSa
小說作者：冒業

編　　輯：區杏芝
封面美術：Hinggo Lam
內文設計：輝

出　　版：今日出版有限公司
地　　址：香港 柴灣 康民街 2 號 康民工業中心 1408 室
電　　話：(852) 3105-0332
電　　郵：info@todaypublications.com.hk
網　　址：www.todaypublications.com.hk
Facebook 關鍵字：Today Publications 今日出版

發　　行：泛華發行代理有限公司
地　　址：香港 新界 將軍澳工業村 駿昌街 7 號 2 樓
電　　話：(852) 2798-2220
網　　址：www.gccd.com.hk

印　　刷：大一數碼印刷有限公司
電　　郵：sales@elite.com.hk

圖書分類：流行讀物 / 科幻小說 / 奇幻小說
初版日期：2023 年 7 月
I S B N：978-988-75867-7-7
定　　價：港幣 98 元 / 新台幣 430 元

如有缺頁或破損，請 whatsapp 聯絡（852）6214-5828

支持：

HKIPCDA
香港文創互動發展協會